在平原

王苏辛 著

人民文学出版社
PEOPLE'S LITERATURE PUBLISHING HOUSE

图书在版编目(CIP)数据

在平原/王苏辛著.—北京:人民文学出版社,2019

ISBN 978-7-02-014851-6

Ⅰ.①在… Ⅱ.①王… Ⅲ.①中篇小说-小说集-中国-当代 Ⅳ.①I247.5

中国版本图书馆 CIP 数据核字(2019)第 013057 号

责任编辑 **甘 慧 张玉贞**
封面设计 **钱 珺**

出版发行 **人民文学出版社**
社 址 **北京市朝内大街 166 号**
邮政编码 **100705**
网 址 **http://www.rw-cn.com**

印 刷 **上海盛通时代印刷有限公司**
经 销 **全国新华书店等**

字 数 **125 千字**
开 本 **890 毫米×1240 毫米 1/32**
印 张 **7**
版 次 **2019 年 8 月北京第 1 版**
印 次 **2019 年 8 月第 1 次印刷**
书 号 **978-7-02-014851-6**
定 价 **42.00 元**

目　录

喀尔敦大道

整个下午，罗罗一直没有停下来。她要准备宴请朋友们的食材，尤其要准备大家都在期待的手抓羊肉饭。这套一百三十平方米的公寓她刚搬进去不久，当时还是男友的索飞把她拖进卧室，然后仰躺下道：“以后我们就住这儿。”这让罗罗想起自己刚能记事的时候，父亲也是对刚带她来到卡城、正抖落大衣上烟尘的母亲说：“以后你们就住这儿了。”他说的是“你们”，不是“我们”。童年时，他们有几次争吵，母亲都提到了那句话，仿佛和父亲在西部边城生活十多年的怨念都始于那一句话。但母亲到底是克制的人，那句话说出口，她也便不再发挥了。等到寒冬的房间因为安静显得更加严酷，父亲就会主动做起饭来，直到厨房里的油烟飘进来，母亲才又站起身，投入新一场生活细节的纠葛。这种记忆中遥远而微弱的冰冷气氛让罗罗没有即刻对索飞的话起什么反应，他不满道：“怎么了？”

“挺好……不过我对房子，本来就无所谓。”她在心里想着从C市到卡城的距离及飞机票价格，又想着如何在这座东部偏南的城市找一份不错的工作立足。她似乎直接就进入了日常状态，内心并没有什么对新生活的向往，她也并不相信这就是“新生活”。罗罗快速地打着鸡蛋，蛋液在碗里晃动的样子让她觉得有一丝经营生活的幸福感，但这感觉十分短暂。这座索飞父母购于八年前的高层公寓现已增值几倍，站在阳台能望见龙江上的巡逻舰，罗罗的几个朋友——宋涌、许戈、宝丁和林成下了地铁，步行七分钟就能走到这个小区。行车道两侧的积雪被踩踏成不同层次的深灰色，把宋涌前几天看见雪的愉悦感抵消干净。这是C市十几年来第一次下大雪，有人说，是因为环境治理卓有成效，气候不再连年变暖，冬天自然也有了寒冬的味道。但宋涌不以为然。雪刚落在马路上的时候直接被烤化成水，直到次日开始雪水也逐渐攒成厚厚的一层雪冰，棉靴踩上去时有轻轻的咯吱声。

罗罗家装了地暖，整座房子温暖干燥，如果不是一旁正在运动中的扫地机器人和餐厅内淡蓝色的灯光，宋涌会恍然觉得像提前回到故乡过年。玄关对着的客厅东侧靠墙摆着一架钢琴，翻开的琴谱上写着《小夜曲》。

“你还会弹舒伯特的小夜曲？”

“托塞里的《叹息小夜曲》。”罗罗坐下来，“索飞会，我不会。”

她们从客厅飘到厨房，又从厨房飘到餐厅，灯也一路亮过去，再从餐厅暗下来。整个公寓都是白色和灰色。如果每个房间的门都打开，会让人觉得置身一个大通间。地面铺着清一色的木地板，客厅南侧靠近阳台的地方摆着一条折起来的床垫。床垫和枕头也是灰色的，只是比沙发和餐桌的灰更浅，阳光打进来的时候，它们更接近一种用旧了的白。宋涌看向外面，仿佛房内的一切和行车道两边的积雪也连成了一体。宋涌从卧室走到洗浴室，除了自动开关灯，马桶也是自动的。她拿出带来的红酒，伴着丁香、肉桂、八角开始煮，中途又加了柠檬和脐橙。另一只锅里奶酒和羊腿的味道也加入其中，整个厨房飘满层次多元的香气——肉纤维、植物、奶与蜜的气息既没有一个过于凸显，也没有全然混在一起。窗户缝适时钻进一丝冷风，把气氛驱赶得更加层次分明，又弥合了某些层次之前的距离。许戈反手关上窗，但房间内似乎和冷气进来前不一样了。

“没喊索飞来吗？”

“把他驱逐出去了。”罗罗道，“我让他来，他不好意思。”

“索飞到底是不是满族？”林成道。

“标准汉族。”

“不是姓索吗？索额图的姓。”宝丁道。

“索额图是音译，赫舍里才是他的姓。”宋涌道，“罗罗是汉族吗？”

“标准的。”罗罗说着，又迟钝地浑身一凛。从C市到卡城的机票她还没有订，不到最后一刻，她总不愿早早买票，好像这种延宕感可以让她更自在。尽管她其实很喜欢卡城的生活。但那毕竟不是她一个人的卡城，“回家”是一件复杂的事。罗罗掀开手抓羊肉饭的锅盖，铺好的一层米饭让羊肉的气息中混着一丝克制与清新。她关了火，把羊肉铲上来，铺在米饭上，她没有像C市某些本地化的卡城菜馆一样，把手抓饭一碗碗端出来，而是整锅上桌。一旁的宋涌也没有按照热红酒教程把香料和水果过滤，许戈带来的高脚杯被她们抛弃，但罗罗家的碗太大，于是倒在玻璃杯里。玻璃杯内的水珠没拭干，给热腾腾的红酒降了点温，杯底是摇曳的果肉。

“我们先干个杯？”宋涌道，“感觉像提前七天过年了。”

“这就是过年。”罗罗道，“抛弃老公的春节……”

“这里只有你有老公吧？”宝丁斜眼道，“你们家猫呢？”

“躲起来了。你可以试试用猫薄荷引诱它。”

“我和宝丁准备用‘韩总’引诱它。”林成道。

“那是什么？”

“一个恋爱游戏APP，‘韩总’是男主角。玩家可以用声音跟他交流，随便说什么都行，只要发出声音。不过‘韩总’的台词是固定的。”许戈道。

“九五后的世界我们不懂。”宋涌起哄道。

“……现在游戏除了养蛙还能养‘男朋友’？”

“确切来说是以‘男朋友’养你的方式让你养他。”

“听起来很绕，不过我知道了，就是骗钱的……”

“……说得跟你们小时候没充过Q币一样。”

大家闹作一团，原本松散的团体突然变得紧密，但真的紧密了，宋涌突然又觉得什么也不想说。罗罗家有种奇特的现代感，可能因为大部分家庭都布置得落后于时代，以至于罗罗家的陈设居然显得有些先进气息。餐厅和客厅的灯光随着她们笑声和说话声的大小时明时暗，宋涌瞥向一侧的钢琴，突然觉得如果音乐响起，她就真的身处多年前那个阴冷的地下室了。几个头发略显凌乱的乐手站在比她高不了多少的台子上把弄着贝斯、钟片琴、打击合成器、箫、古琴……地下室很大，传言称多年前是钢铁工厂的厂房。台下的三五十人松散地站着和坐着，每个人的右手或左手盖着代表乐队标志的红章，宋涌周身裹着军大衣，只露出半只脸半对耳朵，依然感觉瑟瑟发抖。朋友说这是国内最棒的“地下后摇乐团”。宋涌不知道什么是后摇，也不感兴趣，她以为那次听现场只是与友人聚会的项目之一，却不想整夜都蜷缩在阴冷地下室的长椅上走神。但她也没有后悔。长期以来，快乐对她而言就是不分场合地一个人待着，即使是少许亲密的时刻，她也更愿意自在地谈论与自己毫不相干的事情。地下室烟雾缭绕，大家坐着或站着，不知道过了多久，有人把门打开，她才知道天亮了，呆滞地快步走着，听到某盗版音像店前的早点铺正在叫卖糍饭团，突然清醒。仿佛一晚上萦绕的那些曲子，都是雾障。

宋涌拨开抓饭中的羊肉，给自己的白碗盛上浸满汤汁的米饭和土豆、胡萝卜。其余几个人的选择和她相似。

“果然是招牌做法。”许戈道，“抓饭的精华是饭，把羊肉和胡萝卜等的香味转移到米饭上。”

“大盘鸡也是面更好吃啊。”

“……你们要不要这样。”罗罗道，“简直是史上最没有尊严的羊肉了……”

宝丁适时打开直播APP，向她仅有的二百三十二位关注者露出努力优雅却略显浮夸的惊叹。羊肉新鲜没有膻气，抓饭中的香料，味道也与别处不同。一碗抓饭拌着热红酒下肚，似乎很快就有轻微的饱腹感，以及轻微的迷醉。许戈说起几年前和当时的朋友因为一个实习项目在欧洲乡下钻防空洞，在农场养马。他们从另一端的洞口出来，眼前是一片荒芜的围场，植物都有半人高，完全遮蔽了视线，他们只能不断拨开，拨开……直到爬上山坡的顶端，而眼前突然是一片看不到尽头的青翠平原。

“可能那是当时觉得最开心的时刻了吧。”许戈的语气沿着满满书面语的流行腔调，开始声音很大，随后声音渐渐变小，“……生活完全割裂，赛马日抬头挺胸，马房里却日日忍受汗水、马粪、巨大的苍蝇。有时候会有很魔幻的时刻，比如赛马日顶着烈日穿着正装，却发现比赛只有几秒……妆完全花了，也没有人会注意你的打扮，但每一个赛马日又要完全精心地装扮……”

“可以拍照啊，化妆之后拍照人会尤其好看。”宝丁道。

“人稍微打扮点，照相就很明显，但现实中其实没那么明显。”罗罗道。

“……可见照相机其实是在凸显人的意图上面精进。”宋涌道。

“太会总结了……”宝丁道，“赛马现场好玩吗？”

“一天五场比赛，一场比赛只有几秒，比赛和比赛之间却长达好几十分钟……而那几秒，所有人都伸长了脖子叫喊，有人问‘谁赢了’……没有人知道。”

许戈吃了很多红酒中的果肉，在酒中煮过一遍，它们的酸甜感变得温和了。她想起看过的登顶珠峰的登山者写的传记，以及传记中极具感染力写着登顶一刻的感受。她不知道自己在农场看到的滚滚向前无尽头的青翠平原是不是有一丝接近登山者登顶一刻的感受。又或者，她希望将之塑造成看见世间广阔的激动心情——仿佛眼前一片坦途，怎么走都可以。

“体育竞技都是如此吧……”罗罗想起不久前冬奥会上羽生结玹卫冕花滑男单，那可能是唯一一个她看完有些兴奋，而索飞态度淡然的一场比赛。

“都是表演，有什么好看的？”

“什么不是表演？”罗罗意识到自己的愤怒，“其他项目不是表演？”

“其他是比赛。是不知道结果如何的比赛。”索飞道，“这个，是艺术表演，虽然它也有排名，但成绩只在评委心中，你我能看出来吗？”

“哦，能看到分数的才叫比赛，就更公平透明了？所有比赛不都是在竞技基础上的艺术？篮球不是？还是足球不是？”

停止争辩的一刻，罗罗想到的是另一个花样滑冰的现场——封闭场馆内，一个人在冰面上流畅而又充满节奏感地做完无数个演练好的动作，这一定是频繁练习的结果，却又不只是，因为这个人也不知道自己当天会如何具体地重新重复这些他看似熟悉的动作。可恰恰是这个“具体”与“重新”，才是决定胜负的关键。而一个人从幼年与一个封闭的冰场相处，所有外在的广阔被隔绝，他只能向内一遍遍演练，直到自己经得起任何颠簸。就像那个练习射箭的故事：师父让学生用一年时间把针孔看得像一只鹰一样大，这明明是不可能的，但一流的射手要做到——把他渴望洞穿的那个地方挖深，就要先看到那个地方的大。而这“大”的程度，又和自己内心的成长一致。残酷的是，往往在最渴望做好一件事的时候，人没有能力看到真正的“大”。罗罗想起那一行人从眼前呼啸而过，他们乘坐着敞篷吉普车，领头的女人穿着鲜艳的红衣服，包着黄头巾，手中举着自己民族的旗帜。她被这眼花缭乱的一幕吸引，完全没有意识到旗帜是危险的信号，她只觉得那是眼前这幅景象的点睛之笔。再低头，酒杯和旗帜融为一体，她微眯着眼，喝干了杯中的酒。宋涌本是一个人在喝，看见罗罗的表现，条件反射般碰了碰她的杯。

“现在还画画吗？”宋涌的眼神朝向泛着蓝光的吊灯。此刻她们沉寂下来，蓝光从天蓝变成普蓝。但洗手间的灯却突然缓缓亮了一层，是猫一边在叫，一边站上马桶上厕所。它鼻子以上被一整块橘色覆盖，下巴雪白雪白，通身只有两条腿白白的，其他部位则是不同层次的橘黄色。

“你看，像不像《自由引导人民》？”罗罗像没有听见宋涌的话，只是朝着她们道。

“搞笑吗？《自由引导人民》怎么会这么娇弱？”

“在猫的世界里，这未必是娇弱啊。可能还是强势和聪明的表现。”

“天呐，她们居然在讨论学术问题。”宝丁朝着林成，“我觉得它的表情更像发情……啊，我怎么能这么说，直播还没关？”

大家讪笑一团。经历过红酒和几轮气氛的发酵，她们的面色潮红起来。但红的只有脸，宋涌觉得微醺的感觉也没有。她把热红酒里的水果过滤掉，又加了半瓶红酒进去煮。只是这样一来，新的红酒就没了甜味，还有一丝略涩的口感。许戈喝了两口就放下，其他女孩除了罗罗，开始调制杏仁茶。林成和宝丁挤在洗手池处，两个人的身材显得更为庞大。杏仁茶浓稠，苦中带甜，咽下去又有些丝滑感——很符合林成供职的日式饮品连锁店的趣味。戴着隐形镜片，鼻梁上挂着眼镜架的C市本地女店长总喜欢操着不标准的日语指示她往甜品里加盐。这种吃法和林成的故乡——紧靠南国境线的县城接近。曾经许多个夏日午后，林成和朋友们在街头买青柠檬蘸辣椒末吃。对这种特有味道的喜爱甚至抵消掉了她在去外婆家的路上看见变色龙的兴奋。那些每次看见，颜色都不一样的变色龙，常常突然就在眼前起伏不平的荒草地上不见了踪影。林成总怀疑自己那些年看见的其实是同一条变色龙，只不过颜色在变，她总以为“它”是“它们”。

橘猫从餐桌穿过，灯光又亮起来。楼下响起脚步声，罗罗突然屏住呼吸，等到确认不是索飞，才又舒畅起来。宋涌开始刷微信，待宝丁和林成坐下，才关上屏幕。许戈把扫地机器人放到餐桌下面，很快它又钻出来，罗罗把它再放到沙发下面，然而它又钻了出来。

“可以关了。”罗罗道，她只是这样想着，居然又说出口了。宋涌以为她对自己说，自觉地拔掉了电源。

“你动作好像索飞。”她皱眉，很快又舒展开，“从来不按开关，都是直接拔电源。”

“好吧，请把我当直男。”宋涌故意耸了耸肩，但这又加剧了她的不自然，“你知道吗？从C市到莫斯科的铁路快修好了。”

“怎么可能？”

“A 市到俄罗斯有铁路我信……C 市在东边啊。”

“反正新闻出了。”宋涌道，“据说开通后头十五天火车票半价。”

“我宁愿先到 A 市再去莫斯科，起码会快点。”宝丁道，“还可以沿途做个直播。”

“一百多个小时，你要坐火车，估计从手机、充电宝到电脑都没电了吧？”宋涌道，“……除了新西伯利亚，我们还可以在别的地方下车停留，比如乌兰巴托、弗拉基米尔，还有彼得堡和莫斯科……”

这是一年前她们在一个聚会上遇见时，宝丁突然提议的。当时罗罗、宋涌彼此还是陌生人，宝丁和林成是同学，许戈除了宝丁和罗罗，其他也都不认识。宋涌已经忘记了这件事，如果不是看见铁路将通行的新闻，她恐怕再也不会提起这件事。但有一点是肯定的，宋涌记住这几个人，就是因为那场半开玩笑的提议。那天晚上，是她们几个人共同的前任领导 Y 姐过生日，五个人，除了罗罗和宋涌，都是 Y 姐正打算重新招募到新团队的员工。Y 姐的房子在城郊一列花园别墅区内，是租的，但还是从里到外装修了一遍。那是一次颇职场的社交活动，很多人忙着打招呼加微信，只有她们五个不知所措地走来走去。生日宴结束，她们居然成了相伴打车的小团体。当时也是冬日，在 C 市随处可见的光秃秃的梧桐树枝下，宝丁趁着酒劲道：“不然我们去西西伯利亚看冰原？”

“好啊好啊。”最先是许戈响应，她在弗拉基米尔读的本科，硕士又在斯德哥尔摩。虽然专业不同，但学校都在寒冷偏僻的地区和国家。Y姐生日宴上的烟花在别墅上空绽开时，她脱口而出的第一个词竟是“极光”。周围的人面面相觑，只有宋涌宝丁她们四个突然大笑。到现在，她们已经忘记了为何发笑，或许在酒的作用下，一切超出常规经验的东西就自带了笑点。

“哦……”宝丁道，“《冰原狙击》……西西伯利亚，我知道。但跟新西伯利亚什么关系？”

“西西伯利亚那么大，总要找个站先下车啊。”

“也可以飞机先到莫斯科，然后我们再去看冰原。”许戈道。

“这跨度有点大……我还以为你要先去弗拉基米尔。”

“弗市很无聊的。除了亚洲人少，便于半强迫地融入当地……”

“不是中国人少，是亚洲人少？”宋涌道。

“不然呢？”许戈道，“当时觉得，只要是亚洲脸都是同胞。”

“亚洲脸？西亚的算吗？”宝丁道。

“能不能行？”许戈在耳边比画了一个流汗的手势，“蒙古人种脸好吧？”

罗罗不说话，目光从酒杯挪到被吃光的手抓羊肉餐锅，几粒粘着油汁的白米饭在锅沿迎风招展，她强迫症般用筷子把它们刮掉了。父母上一次争吵中，父亲反对她离开卡城，母亲则强烈赞同，并不断提及举着旗帜的男女是如何跨过民族街，在喀尔敦大道上奔驰，他们所到之处，皆一片狼藉。罗罗捂住耳朵，接着发现自己开始耳鸣，于是松开手。在母亲开开合合的两片嘴唇中，她仿佛又看到那列人马，站在深绿色的吉普车上，仿佛是她年幼时全班小学生在老师的带领下，一起去看的审判大会上的武警。只不过他们没穿警服。每个人浓眉大眼高鼻梁，脸颊潮红，头发卷曲，发色棕黄。他们和她长得不一样，又浑身充满正义的架势。她确实被那一幕虚假的辉煌惊住，但她更被他们浑身自以为的正义感震慑。他们在自己的认知世界里是“正义”的，所以他们有煽动性——某一瞬间她这样想时，被自己罪恶的想法吓住了。她认为这想法的产生是在为自己当时的错误找借口。但她没有告诉任何人，包括当时和她仍在热恋期的索飞。她说起自己的一个梦，梦见自己背着画夹穿过一条大道时听到了隐约的枪响，然后看见远处倒下了三个男子，其中一位受了很重的伤。接着她好像跟世界失去联系了，手机上的信息打不开，或者朋友发来的她好像也拒绝了。

罗罗的耳鸣在母亲提及索飞那一刻结束，她说的是：“我要和索飞结婚。”

父母不喜欢索飞，罗罗知道。后来她总会想：到底当时自己是用索飞终止话题，还是她想挽救和索飞的关系——换一种方式相处。她唯一确定的，是自己当时不愿与索飞分手，那他们也只能有一个结果——结婚。

楼下突然响起一阵敲门声，女孩们本能地停顿一秒，直到笨重的脚步声伴着行路者的喘气渐渐变小。不是索飞，也不是其他要进她们屋子的人，这突然就让她们感到了安全。仿佛一瞬间，她们再次成为盟友。但她们并不是无所适从地躲在一起，而是置身一座大而明亮的公寓。尽管房间其实不属于她们中的任何一个。罗罗关闭了声控设置，手动把餐厅的灯调到正常的亮度，其他房间则彻底暗下来。在新灯光的照射下，她们的脸显得很白。此刻，整座房子只有餐厅的灯是足够明亮的，但她们却又像置身明亮的黑洞中。影子消失在黑下来的客厅尽头，四面的墙壁也在黑暗中显得沉默。但这沉默因其集体性，又似乎隐藏着一层含蓄的雄壮，以至于宋涌、罗罗、许戈突然精神抖擞起来。

猫在又一声喵叫后躲进了卧室，她们刚才潮红的脸此刻又渐渐变白。宝丁和林成开始聊起将面试的新工作，罗罗仍然没有说话，许戈默默喝掉了杯中酒，宋涌看着她们，仿佛一瞬间，又回到地下室昏昏欲睡的乐曲声中。她再次提起冰原之行，但最初提议和响应的人似乎已志不在此。她们在她面前渐渐变得模糊，只是仍有清晰的外轮廓。如果从餐厅的窗外望进去，她的脸被站起来的林成挡住，但她没有挪动自己的身体。她想起小时候，家里新盖的房子矗立在一条刷满“拆”字的街上。那些字，都刷在高低不平的老房子外。有的老房子高，“拆”

字就也挂得高，有的老房子矮，“拆”字也就挂得矮。而她置身于一片“拆”字中，常常感到焦虑。仿佛一不小心，自己家的房子也会被刷上这样的标记。但怎么可能？这是新房！她内心对自己说。但焦虑仍没有缓解。那些写着“拆”的房子直到现在也没有真的拆掉。而那些“拆”字渐渐变得模糊不清，尽管依然存在。如果站在楼顶上，所有老房子因为年代和格局不同，楼身的颜色和陈旧程度也各不相同，看起来深浅不一。如果它们不是三维的建筑，而是平面的，可能就是罗罗家小区内行车道两边不同灰度的积雪。

宋涌脑海中盘旋过的有关冰原和冰的记忆再次浮现——有的来自社交网络上的图片，比如俄罗斯宇航员在空间站拍摄的照片……有的来自《百年孤独》的开头“很多年以后，面对行刑队，奥雷里亚诺·布恩迪亚上校再次想起父亲带他去触摸巨大冰块的那个遥远的下午”。她曾经真的看到过一个女孩环抱冰块的照片，她戴着橘黄色的贝雷帽，围着红色围巾，穿着黑色羽绒服，凌乱的长发在脑后飞扬。她双手从冰块背后抱住它，仿佛再用力，就可以把半人多高的冰块抱起来。宋涌忽略掉了女孩笑成两道月牙的眼，她只是盯着那颗巨大的冰块，想象她的母体——两道坚硬凶猛的冰山在被雪冻住的大地上穿行，穿过高原、河流、山丘、草地，上世纪的大楼和曾经的工厂。它被各种路障击碎，同时击碎它的还有试图穿行的人群，他们把它分解成一小块一小块，放在自己唇边解渴，甚至装在布袋里。冰河世纪般的严寒不会让冰融化，并将伴随他们走过遥远的路。

2018 年 3 月 6 日于上海

所有动画片的结局

路并不长，但因为高高低低，显得要比它实际幽深许多。路两旁没有这片陆地上常见的杨树，偶有几棵瘦弱的新苗，不知是新栽不久，还是根本长不起来。泥土松软，他踮着脚迈起步子时，眼前一高一低，仿佛在轻微晃动，而他在某种庞大莫名的参差中感到前方有一块阴影朝他倾斜。那是一棵有些歪的老树，稳而粗壮，树身仿佛有能量影响四周围的一切。他越走背越直，企图穿过这片摇摇晃晃的树影，直到看见树后还有一棵新栽不久的树，再之后还有一棵，这批密集而又脆弱的树一直铺向后面的小区——它还没有竣工，午后走进去，总是非常寂静，只有知了的叫声和新装上的玻璃反射出的刺眼阳光。但此刻临近傍晚，小区的安静终于暗淡下来，正午时分不易察觉的市声从远处传来。那是一点点溢出来的摩托车和汽车的声音，还有菜市场一群人传向另一群人的声音。它们一波波，全掀开了。每户人家地板上，茶几上的声音，也都出来了。回家的人在楼梯道的声控灯下跺脚，还有些人在各式交通工具上面无表情。而他一路踮起脚走到胜利大厦的地铁口，看见大屏幕上预告着本地台即将播放的某儿童节目，他没想到这么多年了，这个节目还在。主持人甚至还是那两位，女主持人扑着厚重的粉，男主持人吃胖一圈，他们都拿着看起来精致许多的动物玩具挥舞，表情和多年前一模一样。他右腿突然一软，再站直的时候，眼前大屏幕还播放着童年点播台上的动画片《灌篮高手》的最后一集——藤真健司突然拎起绿色球衣，迈着清晰的脚步向篮球场走去。而他的手指摸着遥控器的选择键犹豫不决。

点播台的节目单总是残缺而又凌乱，永远看不出最下面那一集是不是真的最后一集。他不舍得看完全部集数，往往点完第一集，就直接点最后一集。而点一次就要花五元话费，为了下个月父母交话费的时候，话费单看起来比较正常，他只能稳准狠地赌一把。

反复摸上下左右的按键，直到遥控器被握得温热。

大部分时候那只是陌生的一集，他或许知道不是最后一集，或许不知道，但看完的那一刻，这也不重要了，反正他也只能有这样的“最后一集”。尚未竣工的那块小区曾是他就读过的小学的校址，许多盗版的岛国漫画堆在学校不远处的一间旧书屋里。过去不甘心的时候，他去那里找过几次结局，可点播台上的动画片大部分仍是偏门的，起码不全如《灌篮高手》《圣斗士星矢》等那般流行。何况盗版漫画也是册数不全的，即使找到某个很符合故事发展的结局——那时候的他也不会知道，在另一个时区，这位漫画家是不是已画了续集，或者在修订版中自行更改了结局。

“别找了，不会有的。”K那时常背着父亲用旧的牛皮单肩包站在书屋外面等他，又或者拿着从小浣熊干脆面里集齐的卡片在门口台阶上玩拍画片儿。最开始，这话不能影响他，直到他自己也相信可能找不到他想要的结局。

列车后移，或者说人群后移，直到从明亮的橙黄色变成暗沉的橙黄色，再变成深灰。直到驶入一片漆黑，明灭的地铁广告和车内的灯光让他觉得自己提前入了夜。如果这一站够久，像地铁刚开通的时候，仅有五站，他会觉得自己在翻秦岭。或者去了某个山区城市，从高处下到低处，出地铁的时候却发现自己身在另一个更高的高处。短暂的无信号和耳鸣让他觉得自由，也暂时忘记地铁口大屏幕上这个点钟又在播放什么动画片或儿童综艺节目。

“晚上来吗？要吃什么？”

“看着做吧。我没买到活虾。”

他还想再打几个字，但最终放弃了。他怀疑另一端的人已经看到聊天框显示很久的“对方正在输入”，这让他有些局促，仿佛有种无形的压力让他必须再发点什么过去。于是，他发了个拥抱的表情，对方回了个“微笑”。

他抖了抖右手拎着的装满蔬菜的塑料袋上的水分，往地铁口走去。那里也有一块很大的电子屏，只是一般只播新闻或者各式广告。不过今天，他在上面看到了《红辣椒》中的场景。可能信号不太好，画面很虚很卡，仿佛还套着另外一个电视台的节目画面，某一瞬间定格在女主角那张吃惊却又很快祥和起来的脸上。只是很快，女孩的脸被另一个国外新闻覆盖，一群难民在风尘仆仆的城市中穿梭，而白人记者站在他们不远处喋喋不休。

离六点还有三十分钟，他决定去不远处的“码头”走一走。

说是“码头”，其实早已名不副实，毕竟早就已经没有河了。但老市民们还是喜欢说那是“码头”。干枯的运河好几年前已经成为一条略低于城市海拔的宽阔“水泥平原”，几个穿蓝校服的学生站在黄色电动平衡车上前行，让它突然有了速度感，在他的视线中无限延伸。如果没有更远处正在建造的商贸城，他或许还能望得更远，直望到城市边缘正在拔地而起的高高低低的灰色楼房。

他脑子里回想着刚才在电子屏幕上看到的两个重叠的画面，眼睛看着黄色电动平衡车渐行渐远，仿佛那几块远去的黄色是古代船只，此刻只是行驶在大路上。

真热啊。他想着，不知不觉也轻轻说了出来。而内心的平静，突然被这句无关紧要的话打破了。

回去吧。他又说着，但没有立即行动，而是选了辆看起来比较新的橙色共享单车，像那些中学生一样，也在“水泥平原”上滑行起来。但是用自行车滑行显得笨重，他没有收获久违的轻松感，而是明显感觉到自己身体内部的芜杂。这芜杂不是因为他的头脑还想着待会儿要去别人家，想着从小时候到现在的事情，而是有一些模棱两可的情绪在他体内进进出出，让他对此时此刻自己站的地方都产生了怀疑。

“运河之前是什么？码头之前是什么？”K很久之前曾站在“码头”前这么说。那时候流行的说法是：会有新的活水引入运河，它原有的面积将比一个世纪前小太多，但可以恢复到一条小型护城河的规模。这说法当时让生活在内陆城市多年的他和K心驰神往。毕竟，随着电影院变成商场，休闲广场变成餐饮集市，还有一座座高楼大厦填满城市缝隙，他们和其他一些人一样常常觉得无处可去。而如果有这样一条河，很多人起码有了散步的愿望。

“小区里也可以散步啊？反正也有几个公园离这里不远。”

“小区和公园早被人填满了。”

“如果‘运河’恢复了，也难说不会被填满。”

“‘运河’会长（zhang）长（chang）的。”

“长长？”他一脸茫然。

“你不知道吗？他们想把‘运河’和浏河打通，让它成为浏河的支流。既然要造护城河，它就得绕着全城走。现在好多个地区都并到城里了，据说还要并下去，‘运河’难道不会长长吗？它将比过去任何时候都长。”

“如果真的成为浏河的支流，它还可能和栾江汇集，栾江和白江是一条，如果一直跑下去，它就是长江的一部分了，郊县并不并进来又有什么？”

“如果真那样，那就不能散步了，只能跑步。”K干笑道。

“有可能几个拐弯处还设置了广告牌。‘中国制造’什么的。”他说。

“就不要设广告牌了，设几个大屏幕，一路播着你喜欢的动画片。最好播的都是结局。”K说，“不过运河之前是什么呢？码头之前又是什么？”

“码头和运河不是一回事？”他说。

“怎么可能！码头是码头，运河是运河。”K不耐烦道。

“我是说，码头本来就是因为运河产生的，那对我们来说，运河之前是什么，不也和码头之前是什么有关吗？”他认真解释道。

“是这样。”K突然严肃起来，“也可能这里最初有人出现的时候就是一片居民区，我们站的‘码头’是居民区，我们看向的‘运河’也是居民区。”

“那我们是站在一片乌泱乌泱的人堆里啊。”

“也只有人堆可以站了。”K的不耐烦表情在他的脸上固定了好久，让他整个人都显得凝重起来。

他记得，不同于过往的那种故作老成，这次K严肃得比较自然。他不知道这严肃从何而来，但他知道这严肃意味着某种（他们之间）毫无保留的生活结束了，他们之后的日子将伴随这样经常性的“严肃”或“沉默”。这听起来有些冰冷，像“水泥平原”前的一排金属栏杆般。但他知道那一刻，自己突然感觉到轻松和自在。也因此，这番对话总不时地被他想起。连带被他想起的，是那天和K在运河外环的一条马路上分开时，他并没有骑车走往常那条路线，也没有选择搭地铁，而是决定步行回家。

那一天是动画片《战斗陀螺》出最后一集的日子，学校门口的文具店也出售着各式各样的陀螺玩具。他想在五点半前准时到家，而K则想去篮球场和几个同学一起打球。

“你知道吗？”K走的时候突然说，“岛国的篮球打得一般。他们队员个子也不是很高。”

“藤真也不是很高啊。”他突然说。

K没有理他，而是继续说：“但藤真跟NBA的运动员打球，不一定能赢呢。”仿佛为了显示自己的可信性，K把“可能”二字去掉了。

“这。”他突然感觉到某种莫名的侮辱，“篮球有体能的要求，不可能要求黄种人和黑人一样。”

“如果姚明和流川枫打球，你觉得谁会更好？”K突然说。

“我不喜欢流川枫。”他说，“流川枫也不是《灌篮高手》里最厉害的。姚明真的是最好的中国篮球运动员吗？”

待他话音落下，两人都不耐烦起来，为这场对话变成无趣的地域之争，以及穿插其中的，某种升旗仪式上才有的奇妙情感——这让他觉得自己喜欢的动画片和漫画竟也融入了自己乏味的现实生活。

他想着过去的事，突然不再用自行车滑行，而是右腿跨上车座，朝前骑了一小会儿，折向地铁站的方向驶去。他骑得很快，快到地铁口的时候也没有停，虽然他心里知道自己应该停下来，但他还是继续向前。从黄昏穿行到夜幕落下，路灯亮起，他终于看到自己要回的小区，而手机上已经有三个未接来电——这让他有些紧张，不禁加快了脚步。

电梯门到达自己要去的楼层时，第四个未接来电没有来。他稍稍有些放心。按门铃时，电话再次振动，他脸上一紧。直到门开，看见徐湜熟悉的脸，他的神色也依旧没有放松下来。徐湜再次重复那句每到这种情况都会说一遍的话：“我以为你遇到什么事儿了。”

他坐在沙发上，没有像之前那样辩驳一句，而是沉默着。

“高扬，你犯不着吧。”徐湜的腿轻轻晃动着，坐在他斜对面的沙发把手上。

高扬看着他，汗津津的脖子透露出刚运动完不久的信息，衣领一只立起来，另一只则是塌下去的。胡子刚理过，头发也比前阵子短了不少。

“你也犯不着啊。”他缓缓地说，“今天这里收拾得倒是不错。”

徐湜不讲话，停顿了一下道：“公寓管家给叫了保洁，不过干净是干净了，就是东西又找不到了。”

“现在保洁还敢把东西位置给变了？”

“不是。主要是东西都一团，不装起来，都没办法收拾了。”徐湜道，“你没买虾，不过我买到蟹了。”

“你不是买的，你是把冷冻箱里剩下的两只螃蟹又拎出来了。”高扬道。

“好吧。是这样。你又拆穿我。”徐湜说着，走进厨房，把蒸好的两只蟹端了出来。不知确实是蟹稍微有些不太新鲜还是怎样，高扬觉得整个房间都有一些微弱的腥膻味，但他很快反应过来腥膻味不该是螃蟹的味道。

“刚买的羊排，还没有焯水。”徐湜道。

“你要烤羊排？”

“想试试，主要是上次你说不吃牛羊肉，身体有些没劲儿。”

“我不是说不吃牛羊肉没劲儿，是说不吃肉人没劲儿。”

“哦。不过要是一定要吃肉，我还是选牛羊肉。”

“鱼肉也不错啊。”高扬道。

“鱼刺麻烦。”徐淏道，“再说，鱼肉这种肉吃了能有什么劲儿？”

时间又默默过去了近一个小时，每次在徐淏家，高扬就觉得时间过得很快。跟很多年前在K家时一样。那时候K还跟父母住在一起——不过他自己也跟父母住在一起。对他和K来说，黄昏的时间是比较自由的。父母还没有下班，他们在K家楼下的台阶上写作业，有时候穿堂风飘过来，作业本被掀起，正在写的那一笔笔画会在纸上呈现出飘起的痕迹。不过K不太在意这一点，他只想迅速地写完，但高扬就会把那块笔画用修正液涂掉，再紧紧按住作业本把笔画补好。

有时候，K的母亲会先回家，她会给两人做西红柿鸡蛋炒饭，或者香椿叶蛋饼外加小米粥。等两人吃完，再确认他们作业已经完成，K的母亲会外出打牌。而K和高扬就会拥有起码两个小时的自由时光，他们打开电视机，调到点播台，屏住呼吸，谨慎地选择自己想要看的动画片的第一集或者最后一集。

最开始的时候，K对这些动画片完全不感兴趣，到后来他对动画片也依然没有兴趣，却对紧张地点播非常感兴趣。点播一次需要刷掉五元电话费，这对当时自己家每个月不足五十元的电话费消费来说，属于一笔巨款，而使用一笔巨款（有时候还不止一笔）去点播动画片，如果被发现，无疑会挨骂，所以他们只能谨慎选择，因为他们往往只有一次点播的机会。并随时准备好用湿毛巾擦拭每播放三十分钟节目就微微有些发热的电视机，让它躲过大人的检查。

那是夏天，K 的双肩总会搭一条刚擦拭过电视机的湿毛巾，电风扇的凉风吹来时，他的身体也会随之战栗一下。或许是那时身体强悍，K 从来没有感冒过，起码高扬没发现他因此感冒过。

“我们是不是该吃些什么？”每当紧张地看完一集动画片，高扬总会如此提议。

然后 K 就会慷慨地从冰箱里拿出一盘昨日剩下的饺子，再配上一罐青岛啤酒，并念叨着：“饺子就酒，越喝越有。”年少时总是不胜酒力，一罐青岛啤酒配饺子喝完吃完，他们就感觉有一些微醺，便双双躺在凉席上睡了。有时候是被到 K 家寻找高扬的高母叫醒，有时候只是被打牌归来的 K 父和 K 母叫醒。更多时候，大人们好像都消失了，整条街一片沉寂，而 K 突然挠着高扬的大腿或者肚皮，又或者恶作剧一样对着高扬的耳朵大口吹气，更或者只是突然吼一声，直到高扬睁开眼。

不知道是不是自己恍惚，天花板上的吊灯摇摇晃晃，高扬觉得自己的身体仿佛也摇摇晃晃起来，他的眼珠和其他身体的零件也在这个大瓶子一样的身体内摇摇晃晃。

他知道要停下来，只好双手把着床的两端。而K突然清醒起来问道："你为什么非要看点播台的动画片？《动画城》和《大风车》，或者我们市台，也有动画片看啊，还带结局。"

"那些动画片有什么意思？"高扬道，"那些是孩子看的，点播台里的是大家都能看的。"高扬故意把"大人"说成"大家"，这样说的时候，他觉得自己终于到了一个消弭"大人"和"孩子"界限的世界。周围一切融合在一起，仿佛因此而无序。他甚至主动在K的床上滚来滚去，和K玩闹成一团，直到双方身上的汗味把他们彼此分开。

"不过。"K仿佛故意说"惊人之语"似的道，"点播台的动画片比较好的是，它们好像都在讲发达国家的事。"

"他们不是说发达国家的事，他们只是在讲以后的事。"高扬很笃定。

"以后的事？"K皱着眉，"未来吗？未来又是怎么着？"

"可能是大街上随时有车骑随时有动画片看，花钱不需要拿现金的时候吧。"他说得很克制，只是说完就意识到眼前只有一锅没有煮好的罗宋汤，而徐湜在洗手间没完没了地清洗着餐盘。自来水流淌的声音让他们感到平静。而他看着锅里的热气渐渐上升，直到和天花板融为一体。

"你真的还要干那个？"

徐湜左手托着白色餐盘，大拇指在餐盘边缘滑动。

他看向窗外，那是一大片被绕墙生长的爬山虎覆盖的楼房，这些迫近的绿色让小区内其他景物显得更加暗沉。

“要吧。”高扬说。

徐湜把焯过水的绿花菜端上来，上面淋上了一层味道很像康师傅方便面调味料的肉酱。高扬也从座位上站起来，去厨房盛了碗汤。然后徐湜打开空调，调到低温。高扬从冰箱里拿出了两瓶喜力。他们像在两条平行线上互相做完这一套紧密结合的动作，再坐下来的时候，气氛松弛起来。

“太热了。”

他们似乎同时说出了这几个字。但高扬觉得徐湜说得比自己早，他自己是考虑过要不要说“刚才太热了”，只是最终他还是把“刚才”二字去掉了，双手不住地用面巾纸抚弄着啤酒瓶上的水蒸汽，直到把整个酒瓶擦拭得干燥而洁净。

“我们看个电影吧？”高扬自作主张地在书柜上翻起碟片来。碟片包都很干净，但里面的碟片布满灰尘。

“阿姨擦得太不仔细了。”他念叨着。

“阿姨过来那天是中午，我在睡觉，醒来之后，房间就很干净了。当时觉得不是在自己家里，有一种宿醉后断片的感觉。”徐湜看着墙壁上空荡荡的投影说，“今天是今敏逝世七周年。”

“哦。我说怎么在地铁站看见《红辣椒》了。”

“地铁站还会播那个。”

“就在9号口出口的电子屏幕上，不过只出现了一小会儿，就被国外新闻覆盖了。”

“那个欧洲女记者被难民强暴的新闻？”

“不太清楚。我看见的时候只记得电视里硝烟弥漫，围了很多人。”高扬否认着，却又虚构着，“应该只是信号不好，串台了。所以我才看见了新闻。”高扬继续说。

“不，可能是串台了，但应该是《红辣椒》串过去，不是新闻串过去。”徐湜道，“今敏的祭日应该就会在影视微信号上出现吧。出现在电视上，也太奇怪了。他那些动画片，怎么都不像给一般大众看的。”

“今敏逝世不重要，宫崎骏是不是逝世更重要。对他们来说。”

投影机最终播放的是《东京教父》，这部不算非常今敏的今敏动画电影。但不知为何，只开始了五分钟，他们就失去了耐心。

但不管是他还是徐湜都没有真去更换影碟。他们仍盯着投影机打到白墙上的画面——孩子们唱着赞美诗，一个男人在黑暗中疼痛难忍，面部五官不住地颤抖。

高扬一条腿盘在伸直的左腿下，双臂抱着肩靠着右侧墙壁。他微微看了一眼渐渐黑下去的天空，有一两片爬山虎的叶子漫不经心地想沿着窗户缝长进来。

“孙迪要长居德国了。”

“他不早就去了？”

“这次有可能不回来了。”

他们在黑暗中说着话，能感觉出有的话是谁说的，另一些话又是谁说的。但它们交融在一起，又像同一个人说的。高扬努力在记忆中拼接孙迪的脸。他确实见过孙迪，跟徐湜一起，或者跟其他什么人一起的时候。那会儿孙迪还很腼腆，理着一个小平头，个子也不高，脸黑黑的。他是一行人中看起来最有前途的——毕业于英国一流艺术学院，父亲是国内知名美术学院院长。从小在自律而又野心勃勃的父母影响下长大，性子虽沉默少言，但如果说话就毫不露怯。倒是高扬自己，至今仍对那天晚上在小饭馆里始终想表达清楚却又最终没说清楚的问题耿耿于怀。

“准确。”他想着，不自觉说了出来。

“什么？”

“孙迪说过的——怎么准确地表达不同人内心的局限性，怎么准确地表现一个有序列的世界。”高扬说完，侧过脸，看到了徐湜低头时露出的双下巴。

“嗯，记不清那天谁还说过的——表达真实发生的场景，反而需要一种不真实的手段。”

墙壁凉凉的触感让高扬想起第一次见到徐湜时，他就是浑身冰凉地躺在自己旁边。那时候他已经睡着了，但当时还是陌生人的徐湜就爬上了床，不过徐自觉地背对着高扬。高扬想起这可能是一个朋友带来的新朋友，也便放心没有在黑暗中言语。直到第二天醒来，看见徐湜还在，才佯装了“惊讶”。

“你是宋朗的朋友？宋朗呢？”

“他喝多了，在隔壁房间。那屋里睡的人太多了……”

高扬摆摆手：“没事。来了就是朋友。”说完，他重重地仰躺在酒店的沙发里，双腿岔开。还没等徐湜从他这句略显僵硬地江湖气息回应中缓过来，他又道：“你是不是昨天淋雨了，快洗洗吧。”

高扬记得，当淋浴间响起噼里啪啦的水声时，他脑子里突然又想起了K。那会儿还没有智能手机和微信。当时的他只是盯着手机上K发给他的最后一条短信，右手拇指不断掀开手机盖又合上。最下面那条短信的内容是：再见。上面一条则是：城东要建个新小区，我妈说你家也在那儿买了房。高扬知道，许是自己没有回，K才给他发了那句气势汹汹的“再见”。但他又想，如果他和K的交流终止在对于城东新小区的讨论上，他可能到现在还是会惴惴不安。但K先终结了他们的谈话，让他不必再负有延续话题的责任。这么想着，高扬突然长吁一口气。

“累了？”

“我只是想到——很多人就这么默默地消失了。”

“也没吧。只是你不再关注。”

“还记得孙迪讲的你们去古堡那次吗？”徐湜继续说。

“是舍利塔吧。”

“……管它什么。他讲，和宋朗还有你一起去那里‘探险’——他总是喜欢用些很文艺腔的通俗词语，‘探险’或者‘流浪’。反正姑且用这个词吧。说那天宋朗和孙迪一直在喋喋不休讨论毕业后的去向。你一直不讲话，只是拿着手电筒照着前面。等到他们讲累了，你才突然讲了一个故事。”

“孙迪一直记得你说的那个故事，有个小孩在河坡上走，感觉后边有人跟着他，但小孩也不跑，就边走边背诵家里人的名字，还背电话号码。但后边跟着他的人不知道那些号码和姓名都是小孩现编的。”徐湜说，“小孩就用这个方式保护自己。用知道得多保护自己。”

“如果孙迪和宋朗谈论的话题有意义，我说不说话都不重要。”

“……所以你残酷……你就算比所有人看得深刻，也不重要，因为你总是不管别人的心情。”徐湜说完，突然有些后悔，可他不想再说一句解释的话。

“就算我不说，也会有其他人说。如果他俩想做自己的艺术，他们会听到比我说的话更难听的。”

他说完，突然又感到一阵羞耻，仿佛虽然说得对，但对得也不够有底气，毕竟他们一直在拍着画着，而他自己呢？他自顾自开了卧室门，又开了外面的防盗门，一阵冷风吹进来，他再次想到很久之前。他和K在预备拆掉的旧楼房内不停地上楼下楼，仿佛想延缓那个夏天结束的时间。而整栋楼千疮百孔，凉爽的风呼呼地在里面穿梭。

“你也不觉得搬家有多么不高兴吧？”K狡黠道，“其实很开心啊。”

高扬看向他，他已经瘦了许多，黑了许多，但也可能是因为长高了的缘故，整个人像被拉长的香蕉。但高扬也不矮，站在台阶上面，他和K差不多高，只是他越来越壮了，站得过于稳当，怎么看都少了些少年应有的风姿。夕阳西下，他站在K的身体投射在水泥台阶上的长长的影子里，看向比影子更长的那片即将消失的浓密灰色建筑群。那是他们身后，城市无数栋即将被拆掉的房子的投影，它们像塔罗牌一样在他的想象中晃动，继而一座座倒下，就像此刻——如他背后投影机照在白墙上的画面一样晃动，从微微晃动到剧烈地晃动，直到这晃动模糊了整个画面，随着他的思绪越飘越远，仿佛已经在脑子里画出动画片的另一个结局。

“我有时候会想起好早之前去通州找你玩。”

如果不是转身看见徐湜边说话边双手握拳再松开接着再握紧的标志性动作，他会觉得这有可能是过去、现在中的任何一个人的声音。

“……我去找你玩，你和几个我忘了名字的女生在画室里互相画彼此。你们画得特别欢，我也看得入了神，不是看你们的画入神。就是那个状态，你们在做着和我无关的事，但似乎又不是和我无关。我随时能进那个世界，我也随时可以出来。可以看着，也可以像你们一样画。可以画得让自己满意，也可以不那么满意。都没关系。”

他继续道：“那天后来走出画室的时候已经过了十二点，原则上已经进入第二天了。你们都很累，我也累了，就跟着你们从特别窄的楼梯上走下来，一直走到小区门口前很宽很宽的那条马路上。马路上一个人都没有，除了我们。只是两边路灯都亮着，跟等着我们似的。我们中间还走过了一个敞开的垃圾桶，我下意识往里面看。你知道我看见什么了？一幅被人仍在那里的色彩肖像。老实说那画画得不怎么地，但我感觉特别兴奋。好像一时间所有人都特别用功，做着自己想做的、要做的事。那感觉就是，我也可以，我也应该可以。可其实怎么样？我确实可以那样行动，我还真的那样行动了。但是‘进步’这种事，真的还是需要运气。或者说‘能力’吧。有的人再努力，他还是没能力‘进步’。”

“那段时间之后我总想……如果我能像你或者孙迪那样，可能也是会好些的。哪怕像宋朗那样当个艺术课老师也行。你们都是能创作的人，能画得很好能拍得很好或者写得好。可我好像连完成一幅完整的东西的能力都没有。很多时候我只要画上几笔，我就知道我画不来。那我想其他的我总是能做一些吧，但好像也不行，还是只能看，不能做，只能想，不能写。”

“画或者写本身不重要。”高扬说，“重要的是在创作的过程中，我们自己的内心改变了多少。画画的过程，就是不断修行的过程。”

“这样说确实没错，可连你自己恐怕都不是真的这么想的吧。”

“我真的这么想。”高扬转过身，“只是我们都没办法这么做。如果我们能，我们会觉得活得舒服些。”

门依然开着，整层楼除了徐湜这里，其他房间都暗着灯。高扬知道是因为很多家住户还没搬进来的缘故，所以他才能不为他们的对话在走廊中飘荡感到羞耻。

徐湜站在高扬背后，仿佛在追赶高扬即将溢出他家的身影，又仿佛在挽留这个情景。他有些焦急地想说出些什么，即使不能准确地表达，他也希望至少能让自己显得坚决。他冲高扬说道：“你才不关心活得舒服不舒服，不关心因为画画或者其他创作上的事能让自己变成什么样，你只关心能不能画好。你只关心那个东西……其他的都不重要……包括我……们。”他说着，把“们”字加了进去。

“我没画出什么呀。”高扬面向他，“我也写不出来什么。你不也知道吗？”

“……你还是觉得自己早晚是能的。”

“你不也这么相信你自己？”他边说边听着自己说的话，好像也因此又说了遍这句话。走廊里的风慢慢停下来，房间地板上飘动的空塑料袋不再发出微小但刺耳的刺啦刺啦声。

“你相信运河能重新造出来吗？”那是好多年前的夏夜，K眼睛朝上，躺在他家的木地板上，仿佛在对着空气说，但他相信K是对他说的。

他躺在和K并排的位置上，听着外面黑暗的马路上时而疾驰而过的汽车发出的声音，仿佛也看到它们是怎么在黑暗中打着车灯并气势汹汹地前行。

“它如果造得出来，根本轮不到我们相信不相信。”他说完，就俯身做了三个俯卧撑。他一直记得是三个，因为每做一个，K都看他一眼。这眼神让他紧张，就像他看见K那样看着自己时，宁愿K还像最开始那样满不在乎的样子，或者根本也别再长大，就像十二岁的时候一样就可以了。他们将继续在对方的身体上翻滚，直到彼此的汗味把他们分开。

“距离上次我们一起画画也过去十年了。”徐湜看向地板，明晃晃的地板砖照出高扬的脸部轮廓。

“距离看你演话剧也过去五年了。”高扬接着说道，“距离跟你一起装修这里也过去三年了。”

卧室里的投影机还开着，但他们谁也没进去关掉，仍是一个在客厅坐着，一个站着，仿佛在跟另一个状态的自己彼此僵持。

“其实已经过去那么久了。”高扬看了一眼卧室墙壁上投影机打出来的画面，“一样的东西，不同情况下看，就像看了另一个东西一样。”

“那就不看了啊！”徐湜突然嚷道，“为什么还要看？

这难道不说明那些时候都已经是过去式了吗？”

高扬看着他颤动的面部表情，可能因为这表情激烈，让他觉得它一度溢出了徐湜这张脸，在整个客厅飘荡。连带那些和这样表情相关的记忆也出现了——有时是在徐湜家和朋友们一起吃火锅，有时是宋朗提着几瓶白葡萄酒去他家，始终有不同的朋友和朋友的朋友来来去去，有的只出现一次就迅速被遗忘了，但不管出现过几次，现在那些脸都和他们自己那时候的脸重合在一起。

还有K背着双肩背包走进他家的黄昏。那时候他和K都已经二十五岁了，但K还背着过去的那个双肩背包，这让K整个儿显得像一个大儿童。他记得K的脸变得又白又圆，仿佛是气血不足引起的虚胖体征之一。K坐在他对面的书桌上，抖动着双腿，问自己能不能搬进高扬的家。

“你要抖就抖一条腿吧，别两条一起。”高扬看着他的膝盖继续说道，“我们都上班好几年了，不是还在上学……你也有你自己住的地方不是吗？”

他说着，眼睛不住地看向外面的爬山虎。如果说现在和那时候有什么相同之处，那就是他依然住在有满墙爬山虎的老式楼房里，每一次都要回答一遍房东狐疑的提问：“你不是本地人吗？怎么搬出来自己花钱租房？噢，还是东区人？家里大房子不够住？”直到后面，他自己也冒充起一直在外地跟随祖辈生活的孩子，又或者编造父母是知青的谎言，以便让自己显得对这座城市并不熟悉，跟父母更不亲密。好像只有这样，他在这座城市的流窜才显得合理。不过，随着搬家的次数多了，也很少再有本地人问他为什么租房。他蓄起了胡须，让自己的脸多了些棱角，更符合自己的实际年龄。最开始，他和朋友们住在同一个小区，后来，每一次搬家他都会不自觉搬到离他们有些距离的地方。到后来，他离他们居住的街区足足有二十多公里。再到后来，这些人之间也互相离得越来越远。孙迪出国，宋朗去了郊区国际学校教书。还有一些其他人，论坛的朋友，话剧团的朋友，画廊的朋友，出版社的朋友。他们之间的聚会从每周一次变成了不定期。到现在，除了徐湜时常会联系他，其他人，他已经不再知道他们的消息。不过这并没有让他觉得失落，毕竟也是他自己选择离他们越来越远的。有时候，那个经年不登录的论坛还会往他手机发送一些提醒。多半是当年认识的人又参与了什么展览，在书店做了新书活动。当时一个跟大家不咸不淡的人这几年做起了独立出版，给每个论坛里的朋友都出了本书，有一次还问到了高扬。

“干吗不出一本？我记得你之前写过的诗也很好。”

他用了“也”，这让高扬不悦，以至于直接把他拉进了黑名单。

“其实我前阵子看了个短视频，觉得是学的你。”徐湜说，“他把四十个人的日常生活剪辑在一起。这四十个人挺奇特的，有的人除了工作室就是起居室，除了创作就是阅读。有的人日常就是疯狂加班和叫外卖，除了KPI就是KPI，你会觉得他们没有精神世界，但当这些人的生活交织在一起的时候，会觉得他们很相似。不会觉得那个过着显而易见具有精神生活的人是过得更高级的日子，度过的时间更值得。也不会觉得疯狂赚钱的人就是陷入自己的世界，会觉得他们同样很高明。甚至更高明。”

“你说得好。”高扬道。

徐湜一愣，转身想把门关上，可刚踏出一步又收了回来。再过半小时，最后一班地铁就走了。高扬看着半开的房门口，盘腿坐到了沙发上。过了一会儿，他躺下去，半截身子的肉体都埋进了软绵绵的沙发。

“这话是你以前说过的，只是我看那个片子，又想起来了。以前排话剧的时候，我每天都很焦虑，本子拿在手里，随时想随时改。有次排到一场戏，需要几个不同经历的人物同时上场，但怎么排都觉得不对，我当时知道是写得不对，但不知道怎么写。最后还是你说了——那场戏，是要表现他们共有的对生活的追求，但不是让他们去表现共同点，而是在那样的情况下，他们依然是不同的。他们面临的人生的问题不同，解决的方式也不同，所以他们反而能插进彼此人生的缝隙之中，在不断对别人的审视和观察中，不断解决自己的问题，在这种解决之中，整个团体的面貌才有所变化，同时还能葆有紧密的精神勾连。那场戏之所以要有，就是需要让人物知道这一点。回到刚才说的那个短片，里面那些人所面临的具体生活的差异性在视频剪辑过程中被淡化，反而更多看到的是他们作为人的品质，那种品质的色彩是相似的，都是向上的，只是他们各自的迷茫程度不一样，有的人更清晰些，有的人更混沌些。但看完你就知道，他们是一个整体，他们彼此是如此不同，但他们正在构成眼前的整体。”

“我说不了你那么好。”高扬道，“你能说出来，这些就是你的东西，我说没说过不重要。”

客厅的灯光暗下去，徐湜低头看了眼地板，又看向他：“那片子你知道谁拍的？”

“嗯？”

“柯一文。”

高扬愣了愣，突然不知道说些什么。不过他并非完全不知道 K 在跟他断联络的这些年，做过些什么。毕竟，有那么一两次，他曾在社交网络上看见有人分享和 K 有关的链接。只是他没点进去。他脑子里能想到的 K，有时候是年少时那个心不在焉、时常自作主张的人，更多时候是他二十五岁时一脸阴沉之中透着的自负。当 K 从他当时的住处走出去的那几十秒，他听着 K 的脚步重重敲击着走廊深处的大理石地面，内心已经为 K 判了“死刑”，起码是“死缓”。他觉得 K 将从那天起逐渐迈入平庸，而 K 当时看起来还有那么一些不同，只是因为 K 仍是个“年轻人”。但，所有“年轻人”都会老的。

“特别好。”他在房间内张望了一下，“跟我想象中不一样，但还好是不一样。”说完，他觉得轻松了一些。好像一瞬间，那个成长中更为狭隘的人变成了他自己，而他始终会回想起的K的一些东西，也仿佛可以被他理解。在他不关注K的这些年，他实际上一直在以另一个方式理解K和他自己共度的时光。

“柯一文没学我。他能拍出这个，是他自己的事。跟你一样。另外，这只是看到的，看不到的地方，他是什么样，我们也不知道。”高扬看着他，“你写的话剧本子，你写了，那是你的，不管是受到什么启发，那就是你的。”

他说完，眼睛看向天花板铺着的格纹墙纸，看久了会觉得上面无数个小色块在眼前穿梭不停。挺好的。他想着，并管住自己没说出来这三个字。走廊变得更加安静，窗外也是，他甚至能听到轻微的风带动着周围事物发出的声音，从遥远之处不断逼近他。他突然想走出去，但似乎动弹不得——不过他很快意识到是自己仍不愿走出去。他躺了一会儿，直到感觉最后一班地铁也走远了，才挣扎着坐起来。

“你还是回去？”

“我想骑车回去。”

他们说完，各自拿着各自的包，一个拿着双肩包，一个拿着单肩包，从楼上走了下去。不知为何，两个人都没有选电梯。他们脚步很轻，但声控灯还是感觉到了两个人的声音。一路走到七楼，灯也亮到了七楼。

“这些灯亮，是不是因为这边都没住人？”高扬说。

“上面可能是吧。这两层，现在不知道是干吗的了。反正最早是个网络直播公司。好像老板是鄂尔多斯土豪，不过刚办够一年就快倒闭了。我搬过来之前，他们就已经倒了。那回我们一起搬完东西不久，有个科技公司又想承包，听说是给一个网络节目做虚拟偶像的，你知道的，就那种电视上和真人一起出现的综艺角色。全息投影技术出现的‘人’，这几年还用这个办过邓丽君的演唱会。不过，那家公司有个项目是做了一半吧，后来可能不够成功，又散了。”

“国内的虚拟偶像？”高扬道。

“对。你该很熟悉的。有一次我们在外面吃完烧烤回来，迎面就是几个红头发的人，看起来长得一模一样。后来还是你说的，只是画了一样的妆而已。”

“哦，你说那几个好像 cosplayer① 的人。哈，不过那个扮相，我还以为是哪个国产漫画里的。”

“我也不太懂 cosplayer 和虚拟偶像有什么关联……反正有段时间……就是你搬出去之后吧。有段时间，楼下经常叮叮咚咚的，也不是那种很明显的迪厅或者夜店的声音，就是一团……很多人说话的声音，夹杂着很多

---

① 角色扮装的扮演者，指的是通过穿上商业作品里各种角色的服饰，扮演成作品中的角色，范围包括动画、漫画、电玩、视觉系乐团以及台湾独有的布袋戏，等等。

歌曲的声音，还有键盘的声音。后来才知道，那整个是八楼发出的声音。当时我就惊呆了。我住十一楼，还能听到八楼的声音，那九楼和十楼的人呢？还有楼下的呢？然后我反映到物业，结果，太可怕了。我才知道九楼和十楼当时没有人住进来，而且六楼以下也没几个人——所以除了我，据说只有两个大爷投诉了。真的吓人。我心想这不是老小区吗？怎么能不住人？后来才知道，很多都给了拆迁款要搬到东区去的，哈，就是你们家那个小区。反正当时我就说从外面看怎么觉得小区怪怪的，原来里面是空的。但是从要拆迁到现在也三年了，没见真的拆。倒是后门的几栋楼，刷了好几次的‘拆’字，油漆褪色了，他们就又刷上。前前后后折腾了三四次吧……直到现在，也没说什么时候拆。”

“好几块都这样吧。一直说拆又好几年不拆，把很多人挤到东区去住了，东区房价这几年越涨越凶，虽然没这边贵，但也快赶上了。”

一路走到三楼，才感觉人气厚重了些。也是这么走，高扬才意识到越来越不熟悉这里了。或者说，在他刻意跟这里保持距离的日子里，他也忘了这里人少的事实。但很奇怪，如果这些人都搬到了东区，那父母家那栋楼怎么也住的人很少。难道是他观察不仔细，忽略了那些住在小区里其他几栋楼的人？他希望是自己观察不仔细。但偶尔在父母家醒来，在小区跑步时，也觉得偌大的小区除了七八个老人，看不见其他人了。唯一一次，是他走到一公里之外的菜场买菜，发现异常喧闹。一瞬间，好像消失的邻居都去做了小贩，或者去了外地。去了更大的城市。总之，他们的身影仿佛都被涂抹掉了。连父母也不再那么流连各种棋牌室或者老年舞蹈中心。热衷居委会大爷大妈聚会的母亲连最近几次的活动都不去了。据说活动从每个月一次改到三个月一次了，但就算是三个月一次，很多人也没来。

“也不是没来，有的人估计是老掉了。”母亲的眼皮已经塌了下去，眼睛看起来越来越小，说话的时候，嘴唇惯性抿上一抿。这导致母亲虽然大量头发还黑着，但整个人气质上已经完全是老人了。

“如果老掉了，你还不知道？不得去送一程啊？”

“知道什么啊。有的老姐妹早就不能动了，有的痴呆了，有不痴呆的也跟儿女去外地了。几年也不走动一次，不像你们年轻，我们之间早就互相忘了。”母亲不断地说着，听得高扬心下一凛。仿佛和小时候的情况一样，和自己现在面临的情况一样。无数人消失，精神上的消失和物理上的消失。大人完成了自己的职责（比如给孩子做完了饭），就出去打起了麻将或者关上自己卧室的房门看起热爱的电视剧。而在这几小时的间隙中，大人们对孩子来说就是消失的存在。他们的身影隐没下去，声音也消失了，时间也仿佛不再像过去那般流逝。他能感受的世界相比童年时依然没有太大变化，只是房间重新变得空旷——不止是他住的房间，更是他房间之外的，这城市里的无数个房间，无数栋楼。它们重新变得空旷，很多人在消失——曾经的大人，现在的老人，还有他的很多同龄人，又或者同龄人的下一代。当然，也有新的人拥进来，也有一些外地人拥进来。可没什么用，曾经熟悉的人消失了，城市重新变得陌生起来，很多空间被压缩，另一层空间却被迫变得肥大起来。而它生活在“城市”这个陌生的大房间里，感受四面八方空荡荡的风，仿佛自己怎么走都可以，却又不能真的随意走，仿佛到处又是无形的禁区，仿佛一不小心会踏进一座写着“拆”字的危楼。

“其实我不是很喜欢看漫画看动画片。”K曾经在地铁里说。那时候他们已经大学毕业，彼此都不知道要做什么，只是在那个夏天不停地游荡。

“那为什么还看着？”高扬盯着他手里的漫画杂志。

“可能是，像平行世界吧。”K憨笑了一下，“好像活在一个平行世界。画风更新换代挺快的，新词也很快能被写进新的漫画里。”

“电视剧和电影也是啊。网络段子也是啊。”

“那些还会觉得是在现实里，即使现在的人用古人的话来说话也是，你会发现人最本质的气息都是一样的。还有，不管是在保加利亚还是在中国，不管是在巴黎还是在上海，仔细想想仔细感觉，就能知道，其实还是一样。很多人之所以能看出那么多不一样，还是他们心里想要看到不一样而已。可是，我对他们那个‘不一样’，没什么兴趣了。”

他想着K的脸，在声控灯下逐渐显得暗淡、混沌，即将被稀释——和他看到的被拉长的，他和徐湜的影子一样。他知道，这影子会一路蔓延，一直和小区的路灯灯光接壤，和小区外的二十四小时便利店接壤，和很多城市亮着的灯接壤。或者，跟那些逐渐不见了的人接壤。

“可动画片里的人，其实也没什么不同啊。只不过他们存在的模样，去掉了作为人的棱角而已，但他们的棱角，又在他们的逻辑里有什么不同吗？本质上的世界观还是跟人的一样啊。”

“动画片毕竟是人拍的，怎么可能比人的社会高明。”

“动画片里的世界总是未完成的，所以看起来更有可能性。但问题是，我们要怎么找到一个真的‘不一样’的东西。不是无数线头，也不是很多可能性，而是一个完整的，‘不一样’的东西。”

最后一句话，他忘记是他说的，还是K说的，又或者是生活中出现过的什么人说的——他的回忆段落之间不断互相打架，又构成整体。不过，不管这话是谁说的，它又冒出来了。在他和徐湜的影子逐渐接壤的那一刻，他问道：“那种全息投影设备搞出来的人，那些虚拟偶像，现场是看不见的吧。”

“现场？”

“就是比如演唱会舞台下的观众，或者电视节目下面的观众和场外看直播和转播的观众，台上的人，看不见这个东西的存在。”

“不止台上的人看不见，据说台下的也看不见。”徐湜道。

“啊？”

“听说前阵子有个选秀节目，有个虚拟偶像进入了最后决赛。结果有记者去了现场偷拍，除了确实看见很多人拿着设备围着舞台转圈，完全看不到这个‘偶像’的身影——他不存在。台下的观众看不见他，评委和主持人也看不见。甚至连声音都能明显感觉出来是合成的。但是看直播的观众在欢呼，他们疯狂投票，却不知道这个投票的‘偶像’，在舞台现场只是一团凌乱的声音而已。”

“真相这么暗淡，比我想象中还暗淡。”高扬说。

“还能怎么有光泽？”徐湜道。

“比如，如果你这栋楼里，不像现在这么空，而是每个房间里都有一个虚拟人物。然后，在遥远的地球另一端，有人遥控着这些人物的存在方式和行为方式。他们将在小区里乱窜，代替那些‘消失’的人，充实我们的生活空间。”高扬突然兴致勃勃起来，“那时候，骑共享单车的，或者说调动共享单车的，不只是我们，还有这些东西。这些东西也会组成一个‘社会’，甚至跟我们竞争。而且他们还不是实体的，比机器人更容易清理。唯一的问题就是很难让他们长久，他们可能比机器人还

‘活得’不长久。那时候将会是什么局面？一排排虚拟人物以超出人类更新换代速度无数倍的速度在更新换代。甚至在他们那个‘社会’，科技发展得更尖端。但再尖端也没什么用。因为他们只是‘影子’，很快会消失，一旦消失，他们取得的成果就不会被‘下一代’继承和发展，而人类，就一遍遍看着他们发展，然后快速消失，再看到新的‘一代’他们起来，再消失。如此不断开始，不断覆灭。”

“听起来很有意思，但有可能这就是一个虚拟人物组成的真人秀节目啊？跟《楚门的世界》一样。人们在外围，看着这些虚拟人，甚至他们‘发展’出的‘尖端科技’也只是虚拟人项目的一部分。不过是把物理的一些概念换成现实可能存在的东西，然后作为影子，和虚拟人一同生存。”徐湜说。

“哈哈，很有意思。”高扬道，“不过我还是倾向相信，实验是根据人的自省程度存在的。”

“怎么讲？”

“就是人改变一点，虚拟人也相应会有一场变革。确切地说，不是虚拟人是人们的实验，而是人的生活本身，就是一场‘实验’。这个‘实验’最终走向的，不是‘牺牲’和‘重建’，而是始终在开始，始终在继续提供力量，提供生机。”

“……哈哈……这不就是完整的不一样的东西吗？”徐湜站在他的对面，说着仿佛高扬应该说的话。他们面对面看着，好像彼此的意识互相走出了很远，又双双回到这个躯壳里。他们向前走着，影子不断交汇，又不断分开。他们生活中那些“消失”的人似乎也加入了进来，构成他们向前走的影子，让他们的影子变得更宽阔、更结实。直到他俩各自的影子对他们彼此来说越来越小，渐渐溢出小区的深处。

2017 年 9 月 22 日第一稿

2017 年 9 月 25 日第二稿

在平原

驶过坡道，是大片的开阔地。李挪迈下车，掀起一阵轻微的黄尘。她迷了眼，举目望过去，天是蓝的，什么都没有。房屋灰蒙蒙地朝前压，仿佛大路之上的另一条大路，盖过了她和身后的车辆，她感觉自己必须随之奔跑。

接车司机说，这边气候很好，不会太冷，也不会太热，虽然天干有风，倒也没有沙尘暴的困扰。

“有风？那有大坝吗？”她刮着指甲边缘的倒刺，眼睛往外瞟着，脸上显出走神带来的不耐烦。

一圈都是果树和干枯的河滩，直到看见一座宛如灰雾的建筑。

正面刷着几个红漆大字——“国泰民安”。坝身两侧的砖缝间长满青黄色的草，风一来，都往同一个方向俯下去。偶尔扬起一股黄尘，都是沙子的味道。人少风大，她站上去，感觉四面都是路，怎么走都可以。

没有行人往这里来，她把一撮发丝在耳边绾了两道。直到司机点燃第三支烟，才终于说："往庆福街去吧。"

那是她要去的地方，曾是民政局家属院，现在被艺术学校承包。构造和别处不太一样，一路都是连成一体的两层门面小楼。许多一楼住户的门长年开着，行人昂首阔步从那里穿到另一条马路，也算此地一"景"。

她的房间在中心地段一间公共客厅的楼上。床、桌子，还有一个大壁柜，打扫得都很干净。躺下去的时候，她听见行人的脚步，马路上的咳嗽，甚至风穿过树叶的声音——它们冲破墙壁、天花板的阻挠，将她包裹起来。她感觉自己仿佛没穿衣服，飘在半空中。四周围的一切，仿佛悬置。

"李老师到了吗？还习惯吗？后天的试讲，准备好了吗……"

"讲就不用了，直接评吧。"

挂了电话，她感觉眼前有块模糊不清的色团闪烁了一下，很快淡下去。窗户关着，仍有风。两排枝叶繁茂的树间插着一排光秃秃的树，她看里面几棵，又看外面几棵，过了几秒，才看向远处。太阳落下去，有点像那旧地方的样子。近处灰蒙蒙，远处也灰蒙蒙，只她自己像盏灯。

教室比想象中大。从门口到讲台铺着红毯，她觉得自己的牛仔裤、长T恤很不合时宜。到场的都是老师，一个学生也没有，她突然毫无讲话的兴致。几排人物色彩肖像铺在地上，神色各异，像紧急凑在一起，随时等待解散。

“边儿上的还可以。把模特当色彩画了。其他的，只有素描关系。颜色，没一块准的。”她扭过头，“形体、结构想当然。这是长期作业吗？很多东西是磨出来的，不是画出来的。下次这样的还是不要了，来短期的。三小时要解决的，只能三小时解决。”

她把另外几组作业大致说了一遍，才走出教室。路灯照出她斜斜的半拉影子，她快步往前，和它拼成一个自己。

这是离开的第十四天。Day 14.

她不自觉默念着，觉得自己离Day 1很远了。但好像又只是绕了一圈多余的路，回到了平原。油菜花都开了。火车翻山越岭的时候，眼前的田地一块伸出来，一块探下去。到了这儿，连成一体。平坦、光滑，全都呜啦啦往天尽处跑，再不回头。

醒来的时候已正午。树叶的影子在她脸上滑来滑去，终于把她拂醒了。学校里都是新的，从围墙到篮球场，再到几座主体教学楼。甚至连清洁阿姨手里拎着的红色水桶，也像刚从超市买来的。

她示意班长打开投影仪，将事先拍好的大家的作业在幕布上展示。每幅画都用红笔写着分数。从四十到八十不等。一轮播下去，台下一阵骚动。她没有抬头，只是不停地拨弄着屏幕上的画作图片。第一遍她拨得快，第二遍慢了些，到第三遍，台下的讲话声低下来，她终于抬起头。

“为了方便大家记住自己的分数，我粗略划了几个档次。当然，随时欢迎大家提出异议。我只希望大家不要那么关注和自己分数一样的人，多关注那些分数更高的同学，哪怕只是想想他们为什么分数更高。”

“我会带大家到艺考结束，但这个月，我只讲一些你们‘忽略的常识’。”

黑板很滑，李挪用断了好几根粉笔。等到拿起第五支，才把作业要求写全了。

他看过去，题目分别是“一小时速写、四十五分钟速写、三十分钟速写、十五分钟速写”。要求“必须在第三节下课前完成。可以互相画，可以默画，不可以临摹。其中一张作业，必须用色彩的形式表现。丙烯、水粉、马克笔均可”。

“今天不去画室，就在教室完成。如果嫌座位挤，可以站过道。”

他低下头，往速写夹里塞了几张新的A4纸。一旁的铅笔袋里，露出炭精条、中性笔、中华软铅笔。脚下是打开的画箱，颜料盒、马克笔都在那里。他摸了一遍，最后拎起一支纯炭笔。李挪看了他一眼——头发微乱，有些油，一条腿跟着执笔的胳膊轻轻晃动，另一条靠着桌子角。手腕抖动着，画得很快。几根粗壮的线条干脆、利落，人物形态生动。最难得的是，画面干净，气氛点到为止。直到画一小时“速写”，动作才慢下来。先用马克笔刷出几个色块，继而强调衣纹和关节转折处。最后，用 2.0 笔芯的中性笔沿色彩边缘画上轮廓线。

“你叫什么？”李挪问道。

他抬了抬眼，身体微微前探，声音有些低沉：“许何。”

“我知道你。你画得不错。不过……你只有前三十分钟在画画吧。”

他看了她一眼，提着一口气，又憋下去。最后什么也没说，就坐下了。

“大家用笔比较肯定，这一点，比长期作业好。但是，‘肯定’的地方，很多是错的。”她对着全班说，“下节课我们去外面写生。地点还有要准备的东西，我集中发群里。”

已经五点了。李挪想起多年前，也是一画就到了五点。为什么是五点？大概因为这时候，天色开始暗沉，光源分布得平均，一些在白天比较明确的光线，都退居到阴影边缘，很多白天里强硬的东西，能量也被分散掉了。少数学生尽管能熟练地确立一个画面基调，但因为都是硬来的，老师并不很满意，而大部分学生已经开始走神，随时都有人停笔。老师拒绝为大家打灯，说灯光照出来的色彩，怎么能叫色彩呢。

她走出教室，学校看起来终于比刚才旧了一点。临近洗手间的走道上有很多脚印，断断续续爬向楼梯。李挪伸出自己的脚，踩在其中一个脚印上，大小居然差不多。走到楼下垃圾桶的时候，她看见它们仍是空的，只是似乎哪里和刚才不一样了。她想摸出打车的发票丢进去，却只摸到几枚硬币。

“那边怎么样？”

“还不错。”

“话能多点吗，大小姐？”

“挺好的，有空来玩。”

“……你真不打算回来了？”

她退出登录。

阳光褪下来，她突然想到大坝上走一走，可真到那儿必然已经天黑了。她思忖着，目光在校门口的公告栏游移。

先是几幅素描——摆在高台上的石膏像和揉成一团的餐巾纸，女模特肩膀上耷拉下来的民族风围巾。最大的一幅，是画中画——绵延不绝的青山周围，一圈破掉一角的画框边，一条穿着凉鞋的瘦脚翘着，青筋凸显。

校门前的灯亮起来。她走到公告栏的另一端——都是些色彩风景。大部分构图极为相似。有人甚至画上前排和自己一道写生的同学。因为这些人影的存在，景物本身的可存在空间变小，天空被挤得只剩一小块。不过，再多看一眼的时候，她觉得那小块天空也不能呼吸了。“天空”上面写着一个大大的名字——“许何”，还标着日期——2011年4月31日。

四月怎么会有三十一号呢？她想笑，并觉得嘴角轻轻上扬，再次露出了某种骄傲又不屑的表情。这让她有些懊丧，很快严肃起来。

城市彻底暗下去。不过，这暗总像灰色的，有缝隙。

许何的家在通往城郊的一条马路上，来去的多是做运输的货车，再往前多走走就是公交汽车总站，然后就是出城的收费站，还有上山的路。窗台上总是糊满厚厚的灰尘，不过今天看起来很干净。他转了转钥匙，进门路过床沿的时候，父亲翻了个身哼唧一声。他踮着脚走进书房，一条薄被在那里摆着，褶皱恰到好处地堆叠出一个人的空间。

时钟开始响，十二点了。他勉强脱掉上衣。卡车从外面开过，灯光渗进来，他又看一眼手机软件上的聊天记录，左手不住抠着裤腿上粘着的几块丙烯颜料。

李挪的信息依然是群聊天记录的最后一条。

“周四上午八点。带画板、画架、画箱、水桶、遮阳帽。穿轻便点的鞋，庆福街集合。”

遮阳帽是什么奇怪的要求？他想着，咧开嘴，干笑着。嘴唇上几片干皮翘起来，他咬了咬，血丝渗出来。

“十点半准时在东头集合评作业。十一点吃饭，十二点跟我上山。”李挪像背书一样绕着全班学生走了一圈，找了个角落拿出自己的画板。和学生的不一样，李挪的画板小很多。颜料只带了几管常用的，另有马克笔和软铅笔各两只。画板旧旧的，虽然边缘已经毛糙，但被她打理得还算整齐。这是她学生时期用惯的，不大，但适合短期作画。在外徘徊的那些时日，她常带出去。

学生渐渐围过来，把这当成老师的第一堂示范课。李挪没有起形，而是直接用刷子——从斜过去的一角天空，到房子的几个主体色。

“画人时不要当画人，画房子时也不要当画房子……是一团颜色，你们要做的，就是把颜色找准确。”李挪说，“我们这儿，什么都是灰的。要找出恒定的色块，画面才成立。”

“只要色彩关系对，变化不也是对的吗？”许何问。

“画准了，才有‘色彩关系’。”李挪说。

“想走捷径，绘画生命就结束了。”李挪继续说，“咱班上，有想一直画下去的吗？”

学生起哄般朝向许何。他红了脸，张张嘴想说什么，最后还是侧过了头。

“就一个吗？”李挪看了一眼其他人，“面对好的事情，你们倒都推给其他人了。有什么难为情的吗？既然不打算画下去，为什么还在这里呢？”

“为了考试。”几个学生说道。但更多的人坐在原处不说话，大都低着头。有的学生已经开始画，有的还在磨蹭，但不管是在画的，还是不在画的，他们的目光都很像。

“李老师，其实我也想问：我们现在画的和考试有什么关系？”一个微胖的男孩子问。

“如果怎么都能画好，又有什么‘为了考试’？”李挪道。

“为什么我们不能直接画考试考的内容，非要画这些离考试很远的东西？”

“考试考色彩吗？考素描吗？”李挪说。

“如果都考，那我们画的和考试有什么区别？”另一个长头发的小眼睛男生说。

“画的东西不一样，不同考试考查的标准也不一样。”又有人说。

“有些画私下看起来不错，考场上就很难得高分，这不也是事实吗？”许何也道。

“私下看？是私下和很多画得好的画摆在一起觉得不错，还是单独看觉得不错？”

“这么说，好都是对比出来的？”许何顺着话头道。

“要想不被对比就只能更好，只能独一无二。”李挪道。

许何听着：“什么又叫独一无二呢？独一无二就是‘好’吗？”

“知道自己所处的位置，知道自己想画的是什么，知道这些想画的东西打动自己的原因……”

“这样就能独一无二了吗？”许何抖着腿，右边嘴角不经意地上扬。

“这样就有了独一无二的基础和可能。”李挪说，“独一无二的程度在哪里，你的画的层级就在哪里。”李挪道，“我知道很多人喜欢画考试范画，这也没问题。某些高分卷把反光画得很突出，有的人就突出素描的反光；不少高分卷都是明亮的大色块，有的人就使劲画得亮。可这些卷子之所以得高分是因为所谓的不同，还是因为其他？”

“不断地为别人的要求改变自己，自然始终为考试所困。”许何说着，右脚鞋底摩擦着地面。

李挪看他一眼：“你们有过自己？那些各个‘风格’的领头人，他们画过什么？是什么让他们喜欢那样的画？你们想过吗？”

光线已经有些变化，唯一的好处是——从这会儿到中午，不会再怎么变了。李挪看了一圈学生的画，继续盯着自己的。放下画笔的一瞬，她右边的大腿根部跟着抖动了一下。

评画的过程很快。从第一组到最后一组，继而又回到许何。他半低着头，右手仍放在裤腿上。

“不要抖腿。”李挪盯着他。

许何立在原地。直到周围的同学一股脑拥进一家拉面馆，他才跟着进去。同学们很快分成几桌坐下，实在没位置的，就三五成群在外面站着。许何跟着他们出来，又进去，提议没位置的同学去其他地方吃。

没有人响应，但确实有人开始去其他馆子。他在外面兜着圈子，选不定自己要进去的一家，直到李挪又把他喊进去。

“待会儿你带他们上山。”

“我？”

“班长带男生，你带女生。”李挪说，“有问题吗？”

“班长是女生啊……”

“所以要带男生。”

这么一路被校车带到山脚下，又上了索道。许何时而被大家包围，时而又被抛下。也许是过于认真和紧张，他皱着眉。抵达山腰的时候，他表示自己要先在这里画一幅。

“山顶能看到更多东西。不试试？”李挪笑道。

“我怕看见的时候又不想画了，还是抓住现在的心情。”

“嗯，这是对的。但真有不想画的时候？”李挪问。

“有。”他低头，“一直有。”

这里的山不算高。李挪觉得若非四周围平坦空旷，它可能还要显得更矮。他们斜对面的山上，站着几只和山体同色的岩羊，看过去的时候，她觉得那是山体多出去的一小块空间。

“你换到歪脖子树边上。”李挪说。

他本想离她远一点。不过那边角度确实不错，索性也依了。整座山都是密密麻麻不同层次的灰。眯着眼的时候，许何甚至觉得这层层灰色在朝自己奔跑。又或者，是盖过自己在整个平原铺开。这想法让他的脑子有些乱。他盯着眼前几块岩石，想再次平静下来。然而岩面上纹路清晰，多是旋状的，看久了又像一排来势汹汹的后脑勺。

对面的观景台上有不少还没来得及清理掉的游客垃圾，多是饮料瓶和零食袋。许何看过去的时候，觉得是打破画面的几抹亮色，很快把这几块颜色摆了上去。

李挪这次先用铅笔起了形。四周围有风，它们掀起的轻微响动让她不是很能集中注意力。学生们最多还会在这边停留一小时，接着就要往更高的山上走。几棵枯黄的树在她的视线中飘荡，她只好把目光抬高——于是直接看见蓝天。

环顾四周，她发现自己最想画的对象成了许何。确切说，是作为一块色彩存在的许何。他目光专注，虽然右腿不自觉地仍在抖。

她把画架拖远，放在一个不易察觉的岩石侧部。接着，把画架拉高，一只脚搭在一块表面有些光滑的矮岩石上。最后她决定，从许何所站的方向看整座山。距离上次户外写生已过去四年。四年来，即使需要素材，她也多依靠照片和回忆。多年的绘画训练已经让她不惧于描摹事物的任何角度。因为对细节的熟稔，时常让她认为自己仍处在不断观察中。

“看起来是变了。”她记得那场个展上有人说的话，“可这根轴没变，怎么能算变呢？”

她已经忘了听到这句话时，自己具体在做什么。环境太嘈杂，到处是曾经的师友，还有几个资助过她创作计划的艺术基金会领导。她站在他们关切的眼神中，得意而又局促，环境本身却被这些人的存在感挤掉了。

她惦记着那句话，时不时地在几面挂满画作的墙壁间踱来踱去，脑子里只听得见细跟鞋敲击大理石地面的声音。

“你在意他说的干吗？”

展览闭幕的晚宴上，她穿着银灰色收腰抹胸长裙，费力地夹起侍者送进她盘中的牛排。炙烤香和着某种甜腻的乳酪味，让她更没有食欲。她听着同伴的话，张张嘴，却不愿回复。她宁可被当成一个过于看重同行意见的新人画家，也不愿承认那人说得对。

她皱着眉，一刀刀划着盘中的食物。她知道自己在滑向另一根轴，可还未将之打开。在这根轴上，每一刻的“变化”都围绕着曾经的轨迹。她过去画作中展现的那些未经筛选的特质，再次出现在试图呈现新东西的画面里，原本应该更清晰的，却显得暧昧。她还没有走得更远，却仿佛看到了自己以后的样子。

李挪想着，右腿不自觉地抽动着，她狠狠拍了一下，腿终于老实了一点。

“李老师。”许何叫她，“一幅画怎么算完成？”

“……到你画不下去的时候。”

“我没有这种时候……”

“你要一直画？”

“我是说我一开始就画不下去。好像要马上画完。总有什么东西赶着，有时候想停下来再画，但好像停下来再画还是那样。我想画完，但不是把轮廓的颜色涂满。”

他没有回头，仍保持之前的姿势——僵硬、纹丝不乱。她觉得那个召唤她进行下去的画面被打破了。

“不过就算画不下去，也还想画。”他突然说，并长吁一口气，身子却还是不动。

许何站定了，微微皱眉，画板下侧边缘贴着腰腹，右手比画着，铅笔也比画着。李挪感觉自己正被他的笔分割成无数条形状，前赴后继地在山外的平原飘荡。

橡皮擦在纸上摩擦得粗壮、刺耳，她稍稍挪了挪自己的视线，想不经意地看一眼许何画的她，可他把画板往身前侧了侧，她完全看不见。

“想画的是什么？画不下去的又是什么？”李挪道，“你要明白是从未出现，还是出现了而你看不清。”

“我应该只是，想让它出现而已。”他脸上的僵硬稍微卸下去一些，“但我自己也不知道这个东西会不会出现。我总觉得自己期待的从未出现，经过的则是另一片世界。”

“难道不就该这样吗？”李挪说。

“那多遗憾。”许何道，“谁不想走入自己期待的世界呢？”

“你还没有遇见自己真正期待的，怎么能说期待的是哪些？”李挪说。

许何愣了愣，想回一句却又一时不知怎么说。

“但我们总会先期待，再有前进吧。”半晌，他道，“不过，也没什么好期待的。”

“没有期待。”李挪说着，自己的面部表情也不自觉地颤动了一下，“只有与真实交锋才能让我们画得更好。”

李挪说着，在画中许何的肩部加了粗重的一笔。

他已知道自己在她的画面里，她不想再把他画进去，可又觉得他才是自己此刻应该画的。李挪用刷子把许何身体之外的部分铺满。再看过去的时候，他的背影又死板地杵在那儿了。

“该动你就动。”

“……我们都在一个画面里，怎么能说你的我的？”他突然说。

“我们确实站在同一块地方，但我们不在一个画面里。”

他听着，忽然有些生气，提着画架想往前面山上去。可从这儿看过去，已没有写生的同学，他走着走着，不自觉地回头看。李挪还坐在刚才的位置。她把目光放远——山外的平原在山的衬托下显得更为广阔，山本身，成了一条细线。想越过这条线，却并不容易——这是她带他们上山写生的原因，尽管此刻她才明晰这一点。

许何往前走着。在他回望的视线内，李挪已经缩小成一个孩子，但山离他越来越近。他坐下来，眼前的山层和附近的山层，似要把他整个人夹紧。他像一抹即将出局的影子，在山峰间游荡。而他的右前方，树立着一块碑，上书“一线天”。阳光从一线天的背面探过来，风景尽在阴影处，只在与太阳交界的地方留有一道虚虚的光圈。

“这块儿有点适合你。”李挪朝他走过来。

“李老师画过？”他喊着。

“山画过很多，这里是第一次。”李挪道。

“有什么区别吗？”

“其他地方的山都是群山，唯这里孤立一座。”李挪说着，看向许何。

他看着自己刚进入状态似又熄火的画面。所有对象都被处理得很扎实，但看起来还是怪怪的。事物与事物之间的联系更像嫁接。越往下画，它们的面目就更接近。在一遍遍的修改中，颜料越来越厚，画面却没有更清晰。他心下一沉，发了狠，干脆用刮刀把刚刚画上去的颜料再次铲去。可他铲得越用力，内心越是紧张。这次他从轮廓边缘入手，倒不会把东西挤变形了，画得也克制，看起来干净许多，可他觉得哪里不对，“准确”倒让他的画面显得中庸，“克制”则让他的画面显得平淡，至少跟他想的不一样。

光影把写生对象们集结起来。看过去，眼前的图景仿佛一个从中劈开的后脑勺。大片的阴影区内填满墨绿色的树、昏黄的岩石。他看着想着，也便这么做了。半晌，他在画面上方添了一块蓝天，好像这样，整幅画才活了过来。

“光确实帮了你，构图也不错。”李挪说，“从这儿到这儿，都处理得不错。可天真有这么蓝？”

“不加这块，整个画面感觉不透气。”他说，“也没什么意思。”

“你画得密密麻麻，当然不透气。”

“如果画里本来东西就多，我们难道要无视吗？”

“没有什么画面是该怎样的，没有毫无理由的画面。”李挪说，“写生最大的好处是你可以自由选择，一幅画真正的好与坏，和画里有多少东西无关，但和画里有什么东西有关。”

“我一会儿换个位置来一张。”

“这么着急吗？你想的得是真对画有益的东西，不能只是‘赢’。”站直的瞬间，她觉得旁边山头有什么东西动了一下。

“岩羊。”许何道。

“跑得真快。”

“前些年有人专门收摔下来的岩羊，做成羊皮。”

“得是新死的吧？这还能掐着点儿？”

“要看时机。”他嘴快起来，“碰上山里出事，几十只成群地死也常见。”

李挪往回走，身体像一架瞬移的机器，一不留神就挪过了山中不同的季节。她想找几个正在画画的学生指导一番，可走了一会儿，竟一个学生也没看见。她有些沮丧，但也不想再回去画那幅画，这种想法突然让她心中一惊。但她还是挺直身体，不让自己的沮丧有任何明显的表现。早在那位同行评论她之前，她已经对自己感到失望了。唯一不同的是，那时候的失望总让她觉得很快可以解决，或者，她可以坦然绕过去走另一条路。但现在不行了，同样的问题再次出现，她不得不回到最初产生问题的当口。它蛮不讲理地出现在她所谓的艺术事业上升期，像一根肉刺。为了把它准确拔出来，她不得不终止和画廊的合作。那片蓝色顶棚的工作室，曾住着一些她觉得这个时代最好的艺术家，不过现在那都跟她没有关系。她不想再回到那里，不是因为对自己的失望。她看到有这问题的并非她一个，他们或许意识到了这一点，或许没有，唯一的事实是：他们不愿意离去。她不愿意再看到那些人，他们的聪明如此陈旧。这种由个体蔓延到群体的失望让她发现，过去的成功只是对自身艺术感知力的集中消耗。

她站起来转了一圈，接着再坐回之前的位置。许何在对面角落开始新的布局，刚才那幅画被他揉成一团，接着又展开。

李挪盯着它：“没撕，不错。”

“撕？”

“我以为你刚才会撕掉。”

“画过的画，不想撕。”他低下头，“不过刚刚本来要撕。”

“你知道刚才哪里错了？”

“感觉整个都不对，重来状态或许好些。”

“每一次都可以是重来，不用在心理上制造重来的感觉。”她俯身拿起一支干净的画笔，“构图比刚才巧……可还是喜欢虚过去。”她接着说，“你得朝前走，不是换构图，否则还要犯同样的错。”

“李老师，我是不是画不好了？”

“你要想画好，就别在意画不好。”她说着，肩膀不自觉抖动了一下。她把丢在地上的那幅画抚平，重新贴在他的画板上。

“我不太画得好命题作业……”

“命题作业？”她笑道，“我倒想命，可我命了，山就真进你画里了吗？”

“它不已经进了？”

“你知道它是被拉着进的，还是自己想进的？”李挪站起来，“那几笔亮色，还不舍得扔啊？”

“颜色太灰了，这几笔提一下，感觉画面生动些。”

“有几笔亮色没问题，但它们的出现合适吗？”李挪说，“十九世纪英国风景画家希尔普斯，经常被和他同时期的画家杜德放在一起比较。一次群展时，希尔普斯和杜德的画又摆在了一起，且两幅画都是海景。杜德的画比较大，画的东西也多，布展的时候，他还在最后完善自己的画。在他的画面上，熙来攘往的码头有斑斑驳驳的大片红色，远看仿佛是红色帆船和游轮的倒影。希尔普斯看了看杜德的画面，转身在自己那幅灰蒙蒙的海景画上也加了一大块耀眼的红色。周围的画家将其视为对杜德的嘲讽，杜德也转身离去，说希尔普斯是个疯子。孰料，希尔普斯站远处看了看，很快用手擦掉了一半红色，并用笔头处理了一下，接着又擦掉了一部分红色，直到越擦越小，希尔普斯突然意识到他不能舍弃这块红色。也是这时，人们才恍然大悟，原来那小块红色是海面上的浮标。这留下的小块红色，让希尔普斯的那幅画朝前拉开了一个空间。那次展览后，当时的画家们说，希尔普斯用一小块红色战胜了红色杜德。”

“如果那块红色不被处理，而仅仅是一块红色呢？”许何说。

“如果那块红色没有被处理，可能只是一块意外降临的笔触，人们最多说，这是希尔普斯画下的。但希尔普斯怎么可能画一笔没有来由的色彩呢？”李挪继续说，“你这几笔亮色，画的都是人造垃圾，垃圾本身就是对自然的冲撞，而你画上去，更是对画面的破坏了。”

“那我也把它画成别的不就行了？橘红色的落叶，或者其他的什么，总之是山中可能出现的不就行了？”许何说。

“这样也不是不可以，可这几笔亮色，是必须出现的，还是你想让它出现？”

许何微皱着眉：“好像都有。毕竟这一片都灰灰的，哪有什么亮色？”

“灰色各有不同，你把它们的层次画准了，画面自然有深度，还需要这额外的冲撞之笔吗？”

“我明白。”许何道，“只是我怕跟其他画面比，这幅画显得暗淡，跳不出来。”

“能让画跳出来的，是和谐程度，越和谐，就越明亮，显得纯度高。”李挪说，“你可以想想，这画里，对你来说，最远的是什么？最近的是什么？它们之间颜色上的影响又是什么样的层次，不用想象，就画你看到的。”

许何听着，似乎真明白了点，但这次断不敢承认自己明白了。

“待会儿我们去画岩画，那可真全都是灰的。”

“今天不是色彩写生吗？”

“岩画不是色彩？”李挪道。

“像您说的，岩画太灰了，跟素描没差了都。”

李挪道：“纯度不高就不是色彩了？灰色变化微妙，如果把握得当，是最能撑住画面的部分。”

“可我觉得灰色最容易变啊，可以轻易随着周围事物和光线的变化呈现出一种倾向。”许何说。

“任何颜色都能随着光线的变化呈现出一种倾向。”

“但纯度高的色彩，主观色相清晰，灰色的色相，其实不那么明确。”许何迟疑道，“有时候我甚至觉得它怎么变都可以，反正都是灰的。”

“如果把纯度高的色彩理解为年轻的色彩，那灰色或许是成熟的色彩。年轻的色彩耀眼、突出，成熟的色彩容易因周围环境改变色彩倾向，但它若不变，那要更耀眼的色彩隐藏自己吗？”李挪说，“你喜欢画纯度高的颜色，很多人，包括我也常这样，可一幅画程度的高低，很多时候取决于它对不同灰色的表达。还是刚才那个故事，希尔普斯那幅画画得最好的是什么？难道真的是那笔红色浮标吗？如果没有壮阔的海景，那红色又算什么？它有什么被谈论的价值？”

“我知道。”许何坐下来，“但希尔普斯也不是马上知道自己要画的只是一小块浮标吧？他是改着改着才知道自己要画的只是那一小块。”

“没错。”李挪说，“杜德晚年曾给经纪人菲林写信，说他和希尔普斯最大的区别是——他‘只画看到的部分，希尔普斯则一直在越界，所以作品时常呈现出曲线’，希尔普斯是‘在弯路中发现新路，也在嘈杂的闹市中看到自己的那一位情人’。”

“只能在画画的时候明白，不能事先明白。”许何道。

“对。”

“但希尔普斯仍然是传统性的画家，如果是十九世纪末期的新感觉派呢？他们中有人的画面可能整幅都是鲜艳的颜色，孟丘还会强调一条边缘线，可赛高呢，他的画可以说没有灰色，全都是硬碰硬。”

“赛高的画不是没有灰色，而是他的灰色是他整个画面，他用不断的运动来表达自己的‘灰色’。”李挪说。

许何听着，不禁愣了一下，说：“不管他的色彩如何鲜艳，但人们很难记得他任何一笔色彩，他们记得是他整个画面。”

“所有的灰色，或者说所有的颜色，它要在画面中才有意义。”李挪道，“说到新感觉派，你应该看过蒙顿和希罗。”

“看过的。蒙顿的《莲娜》我们初学色彩的时候，老师让临摹过。”

“《莲娜》是蒙顿晚年的作品，画的时候他双眼模糊，反而画出了不一样的感觉，但那朦胧的感觉是很多层观感叠在一起的结果，因此整幅画呈现出的，是明亮的灰。”

“明亮的灰。”许何重复道，“我临摹的时候只觉得不得要领，即使勉强调出相似的灰色，也感觉只是练习了调色而已，对画画本身没感觉到什么提升。倒是希罗的《侍女》我画得流畅。”

“新感觉派的画适合初学色彩的人，因为他们的画随时在越界，希尔普斯是不经意间越界，新感觉派则是有意识在打开。他们的色彩和形体结合在一起，看起来是一些面目不清的人，不需要过高的绘画技术。可难就难在这样熔炼的色彩，初学者要如何体会。所以选什么画临很重要。《侍女》明媚，比《莲娜》更符合你们的气息。”

“画《侍女》的时候会觉得这幅画与我有关。这么说，我也不是每次都画不下去。”许何边想边说，“所以我不太明白，老师为什么想让我们画岩画呢？照您之前说的，灰色是成熟的色彩，岩画更是古代留下的东西，但它在古代，自身却又有年轻的感觉，不知道算是成熟的，还是算年轻的。”

“成熟本身和年轻并不冲突。越古老，离童年越近。如果仔细琢磨，人人最熟悉的语言皆来自童年。可不同童年的层级，却需要不同时代的人用他们的成年去叙写。”李挪说完，不禁怔了一下。

“我不太明白。童年的东西本就发生在童年，成年时期又如何叙写？那时候表达的还是童年吗？”

“过去了的事情本身都不该是重要的，重要的是现在的理解和重新认识，让人自己重新有了活力，重新过了一遍童年——这才是童年本身的价值。”李挪说，“我们现在谈论岩画，难道是站在当初执笔者的视线下吗？他或许未必知道自己在创造艺术，他只是把自己的准确留了下来。”

“我知道了。岩画看似只表达了一种声音，一种灰色。而现在，人会很多声音。只会一种声音的岩画，怎么画都看起来在画同一个东西。会很多声音的，很容易画出了更立体的切面。可内力不深，所以灌进去的技术是不流淌的。”许何突然道。

“说得非常好。西南山区有个故事很有名。一个裁缝以给村里的男女老少做衣服为生，因为衣服做得好，到后来，附近几个村子的人也来找他做衣服。找的多了，难免会剩一些边角料。裁缝就用这些边角料缝出各种奇形怪状的娃娃。有时候，还会把娃娃送给一些找他做衣服的人。但娃娃长得过于奇特，很多人觉得难看，拿了也觉得不吉利。后来过了好些年，裁缝年纪也大了。有一天负责接待了一组来村里采风的艺术家。其中一个看到了裁缝屋里的娃娃，说这是难得一见的艺术，出高价把娃娃买了回去，给省城的达官贵人一显摆，裁缝家的门槛就给踏破了。他原本只觉得好玩，这一下变成了艺术，整个人也紧张了。那之后裁缝做的衣服少了，娃娃做得多了。可是买家们来了几次，之后就不怎么来了。最初发现裁缝的艺术家说，裁缝现在的娃娃不如最初那些好。裁缝很苦恼，可他越苦恼，却越没有最初的感觉了。”

“那个艺术家也太害人了。”

“很多时候就是这样，觉得是好事，其实做了坏事。等到后果出现，又怪罪别人。我们画画的人，有时候也是裁缝，脑子里想着很多的东西，其实多半是杂音。”李挪继续说，“来来回回的转折与格式，经脉却没有打通。”

好像一颗小石子突然吐出来，李挪也松了一口气。

“不过，我觉得还是婴儿，但是永恒的那种。”许何微皱着眉，两腿依然保持刚才的姿势站着，“岩画简洁，却也最复杂。”

“回到蒙顿的《莲娜》，那看起来是双眼浑浊的蒙顿晚年画的一幅不清不楚的画，可他是蒙顿啊，尽管一幅画都是颜色相近的灰，但那也是包裹着大半生深刻理解的灰色，他把记忆中看得清的世界和眼前看不清的世界叠加在一起，所以画里充满明明灭灭的希望之光，他用绘画的形式让自己继续看清世界。”

许何听得有些呆，李挪也没想到自己能说出这些。

她疾走几步，拿出速写本，看着这些岩画，不时地闭眼休息。画到中途，她把画板搁在支好的画架上，一会儿站远，一会儿又走到要画的对象跟前。这次她没有剑走偏锋选择特殊的构图，也没有刻意营造绘画的氛围，而是从景物本身入手，直接用曲线画出景物的状态。十几根粗重的线条下去，景物已经初现生动感。

“随着绘画的深入，灰色的层级会越来越高。”李挪道。

“人的‘眼’会看得越来越清。”许何接着说，“观察不止是眼睛的功夫。”

“很好。”李挪笑道。

弯弯曲曲的山路两侧堆满岩块，其中最大的几块，上面的图案已经看不太清楚了，有一块，只隐隐约约看得见印痕。两人一路说着，不自觉已经走到岩画跟前。这里是西部地区最知名的一块岩画区，尽管大部分图案已模糊不清，但还是能看到端倪。它们一般线条粗壮，形态夸张。有的形态貌似眼睛、手、器官，但大部分形态看起来可以是人心里的任何东西。李挪之前不是没来看过，但这次看，倒觉得跟广汉三星堆出土的青铜器有些相似。随即想起在去欧洲交流的时候，在那里的岩洞上看见的石刻。图案仿佛腹语，她想的是什么，它们就能按她心中所想让她觉得是什么。一幅画仿佛能无休无止地看下去。

许何看向她。她身姿挺拔，肩膀微耸，看起来十分专注——这让他感到自在。

他从旁边溪流打来清水，重新在画板上挤好颜料。他打算离岩画远一点。这地方，经多年风化，上面的形态早已模糊不清。小的时候，学校经常组织小朋友参观岩画。老师们有很多千篇一律的说辞，最多的说法是：它们是人类早期艺术的结晶。后来他知道一个词，叫“生殖崇拜”——岩画上有很多这样的形象，它们躺进岩缝中，似要把它撑开。说起来也奇怪，除了那些被冠以“生殖崇拜”主题的图景，其他轮廓更复杂的岩画，似乎真随时间逐渐模糊——至少在许何的记忆中，他只能用想象来弥补。在自己的理解中，加上一些标签，甚至生造一些名词，让它们在他的记忆中是明朗的，试图让这“明朗”逐渐成为自己的特征。这样想着，右手已摆出几块黄灰色。他仿佛杵在光影的边缘，心底的小块明亮始终在跳跃，让他心痒难耐。

同学们纷纷站起来，三五成群地在写生区域徘徊，仿佛刚结束一场考试。他抠着裤腿，接着又把画板放下，插上耳机，试图掩盖眼前热腾腾的日常气焰，但很快发现不能逃避，只得又站起来。

先环视周围，接着朝后走几步。他不敢退到人群中去，并愈发紧张。李挪原本在他不远处站着，发现他看见了自己，很快又走开。

笔头从一侧划向另一侧。树，隐约的小路，还有溪流旁边偶然闪现的野花，都被许何打破原有的格局，置入画面，仿佛他自己也跟随笔下的事物变得茂盛、放松。他屏住呼吸，感受着心底沸腾的东西流出来。好像第一次撕出一角亮光，脑中涌现出的清晰片段让他听不见外界的声音。而另一方面，他不得不强迫自己平静下来，逐渐进入有秩序的细节塑造之中。

李挪感觉周围的气氛有些凝滞，有几个学生往许何那里围过去。他这次没有表现出尴尬，而是直接站起来画。到中途，他停下来。也许之前太用力，画面盖上了厚厚的颜料，隐藏在暗色中的部分仍有些草率和混乱。心底那块闪烁的明亮一阵狂跳之后终于暗淡了一点。看看手机，时间已进入今天最后的评讲阶段，他放下画笔。

“让你们画岩画，不是画几块带图案的石头。”李挪对着其他同学说，“颜色挺丰富，我都没见过谁还能把反光的颜色画得这么‘丰富’。准确，不是盯着颜色画。要看整体，细部随整体变。”

“是岩画周围的颜色影响它，不是它去影响周围。”许何道。

“为什么不能它去影响周围呢？”一个平头、有点驼背的瘦男生说，“灰色难道不是最恒定的部分吗？光线一会儿就变，我们怎么跟着光线画呢？”

“不是跟着光线画，也不是跟着灰色画，是跟着自己画。”李挪说，“影响是互相都有影响。其他景物投射在岩画上的影子仍旧是岩画，是岩石的一部分，仍是这块灰色的一部分。就像岩石投射在其他景物上的影子，那已经不是岩石了……今天到这儿，明天再来。”

天色似要暗下来。画了一天灰色，李挪不禁想起自己学画伊始，也是不断地处理各种灰色。每个初学色彩的学生都要画一遍的色表和渐变作业，她都没做。老师让大家画过羊角、揉成一团的报纸和塑料袋，麻绳、泛黄的面具，不同年代的旧书……最开始，她总是不得要领，只觉得颜色都差不多，自己怎么画都可以。直到有一天，再看那一片灰色，突然觉得一大片的灰色之地上，有一块或者几块色彩仿佛在无休无止地跳跃。她记得那是个好日子，她最后一个从画室走出来，周围非常安静。路灯把她的影子拉得很长，她看着自己的影子，仿佛它能无限延伸出去，就仿佛她可以去任何地方。她一路跳着走着。到家的时候才发现丢了钥匙，还在邻居家睡了一夜。醒来之后的白天也和往日不同。

她想着，情绪一会儿跳到过去，一会儿回到此刻。许何本和她并肩走着，现在也退到队伍后面。她知道他又回到了“自己”。她不敢轻易赞许他，任由他在后面走着。她已经说了太多，现在是她暂时闭嘴的时候。

已经六点半了。太阳终于开始往下落。

把最后一个学生送走，李挪也回到宿舍。楼下一排烧烤摊，人们喝着嚼着，脚下的啤酒瓶把他们每个人都衬托得很强悍。她走上去，像穿越一排大且轻巧的柱状物，感觉自己才是密度最大的一颗，她提着气，也像提着自己，就这样扎实地把自己按在床上。

许何今晚没睡书房，家里没人，被子在床头叠成了四方块。床底隐隐约约露出用光的丙烯颜料罐，还有两排已经毛躁的排笔。枕头下面是正在看的原版画册，图书网站分期十二次付款买下来的，字是看不懂的蝌蚪文，他只看看画。这会儿他心里有些不安，翻画册的时候，直接翻到一块丰腴白净的脊背，只暗暗侧过来的半只眼睛让他微微哆嗦了一下。

他想打个电话给父亲，但一躺下，这个念头也被掐灭。手机屏幕在床头柜上闪烁了一下，他想如果它再闪，他一定会接。可它没有再闪。

醒来的时候太阳已经很大了，坐着车上山的时候，他觉得眼前都是新鲜的黄色。许何甚至想利用光影，再画一幅色调明朗的作业。不过他终究没有这样做，而是闭上眼，再猛地睁开。在暗与亮的交替中，他仿佛看见一个微小的影子不断攀爬。

今天的内容比较简单，仍是自选位置，画一幅新的写生。李挪说完作业要求，就走到昨天的位置，铺开一张新的画纸。虽然位置和时间与昨日差不多，但今天的光线似乎和昨日非常不同。许何看见李挪在之前的位置坐下，自己也跟着坐下，他没有铺开一张新的纸，而是打开昨天的画。

“你接着画，别管之前的怎么来的。”李挪说。

“前面的还没确定，怎么能往前画呢？”许何道。

“后能改前。”李挪说，“前面已经说了。成年后的人可以重新认识童年。但如果这个人后来没什么成就，他之前所有的错误或者弯路，就只是错误和弯路而已。只有等他在人生中，或者在画画这件事上真正成熟了，好好完成了自己，之前那些看起来与现在无关的东西，最终就成了他，此前的含糊和懵懂感从属于更高的完整，也就改变了他过去的位置。”

许何听着，觉得隐隐有些明白。但又觉得李挪说的可能不是他想的那个意思，于是没敢再说话。

李挪转身绕着其他同学的画走了一圈，开始在另一块阴影处开始画自己的。周围很吵，学生们还在调整作画位置。

“不要找位置，要随时随地能画。”

她说着，旋即又觉得讲的节奏太快，很快补充道：

“先画，再调位置。不是要画面适应你们，是要主动适应画面。”

李挪看了一眼许何，马上又说：“能适应的画面，才是你们自己的。发现新的错才能进步，而不是继续重复。”

她的手机在一旁放着，不时地发出新邮件的铃声，像首断断续续的电子音乐，让她骤然从精神的世界又折返到其他地方，就这样进进出出几下，终于把手机关掉。

这里空气极好。她放下速写簿，开始画正式的色彩画。选的这处景致，原本就足够饱满。不过，她还是想把山景一字排开，让不同景物之间看似分散，能量又聚集在一起。

她把手机设置成静音，画了一会儿，接着又放下，换了一支纤细的排笔。当她试图直取核心，先前那套流畅的作画方式显得不太能用得上，她感觉运笔也有些呆板，连这套跟随自己多年的画具也显得有些陌生。

她站起来，然后坐下，屏住呼吸。直到觉得所有颜色都朝她的画面汇聚，右手上夹满不同号的排笔，她终于觉得自己进入点状态。

聚过来的学生有些多，也有几个在许何那里。他今天看起来意气风发，刚才还坐着，现在则站着画起来。小号排笔已被抛弃，只有几支大号笔被他轮番使用。李挪看一眼——色彩准确很多，不过又回到老问题，在原地打转，重要细节没有耐心进入。但她决定不理他，她要等这阵狂喜在他心上再过去一点，看他是不是能自己明白。

手机在石头上震动，她心下一凛。

“忙吗？”

“还行。”

“之前那套画，还在我这儿，最近有个展我打算用……”

“别用了。”她说，“反正也卖不出去。”

“怎么知道卖不出去？你在那个快倒闭的学校当老师，还不知道这几个月的动向吧。”

“我不想卖。”

“跟着一帮学生去写生就变了？写生能跟你的创作比？”

“什么创作不是写生？”李挪道，“那批画，我不想公开。”

她换了一支更小号的笔。调的颜色也越发厚实了。走向、节奏、细节，像一口气进了同一个炼钢炉。她想表达的多重东西，都压在这一笔一笔不同的颜色下。她面临着一个新世界，需要重新回到最直接的日常——和她曾经熟悉的那些事物再次面对面。

原本她只打算借这份教职的契机，沿西北各地多转转，之前她也不是没有这样的机会，甚至那时候机会更多，可那时候她执迷于幻象中的世界，即使了解到更多，内心也多是拒绝。决定来这里之后，她曾想借机研究一些特殊颜料的制作过程，拜访少数民族的民间艺人，参与一些艺术公益项目，甚至干脆转行做策展人。反正一路积累下来的人脉和经验，足够她这些年风生水起。她先在省会待了几日，又去几个当地有名的村落走访一遍，因为创作一直不顺，只好拿着卡片机沿途拍照。有时从一户牧民家出来，就要过上好久才去下一个据点。倚靠着几个长居当地写生的画家朋友，她那段日子倒也过得热闹。有几天，和朋友开车走在原野上时，她几乎觉得最困难的日子要过去了，觉得自己还是要画画，不是从事什么“艺术相关工作”。可一旦面对创作，她的信心又减弱了。过去几年画画的方式已经让她感到陈旧而轻佻，可她又要面对摒弃那套过程的自己，看似枯燥地作画——一块颜色压着一块颜色，层层递进的景致。这一切让她时不时地觉得失去了那套特点的自己，可能也失去了才华。尽管只一瞬，也让她在某一段时间内深深挫败。

最开始的时候，她在一个扶持年轻画家的艺术社区，看见这所中学高薪聘请青年画家。这几年，鲜有艺术类中学愿意请知名画家做老师，一个是成本，另一个是学校追求升学率，更愿意看老师带学生走捷径考高分。也因此，她对这学校留了意。再之后，她发现学校在当地非常知名，从这里考入各大美术院校的学生也不少，但大部分是复读生。想想曾经，自己也在京城的数家知名画室辗转学艺，弯路走了不少，差点就没考上美术学院。惊喜之余进学校了，也发现跟自己想的不一样，老师大都不错，但最终还是只能自己画。

“你还想当救世主？”

得知她想去做老师，朋友半认真半玩笑地嘲讽道。

但她不在意，甚至主动了解学校的情况，了解其他任课老师的教学方法。问题的根源都在过去，想解决只能重新了解一遍之前的整个过程。

“你想得确实好，但他们马上就要高考了，现在这么搞，很容易出问题。”

“如果真解决了画面的问题，还怕应付不了考试吗？”李挪说。

说完，她还是有些隐隐的心虚。她知道，就算不听她的，他们未必就一定考不上好大学。那隐约的一层她不敢表明：考试处理的总是不同的完成和完整性，即使这批学生比许多外面的学生都超前，也未必真的能在考场上胜出。他们有着确定明暗的浓密线条，某种程度上正是考场上常见的熟练选手，只要不太过分，他们能用自己画中浅薄的自信覆盖住形体上的迟疑，他们擅长制造画面气氛，也把这些当作天分，当作自己可以在这里，甚至走这一行的原因。某一瞬间，这让她有些难过，但她的难过不是为他们，而是为某一个自己。

李挪一边想着，一边接着画，刚才那番回想让她突然生出了陌生的耐心，仿佛那之前被她在意的褶皱急需抚平，而她此刻就在做这件事。放眼望去，视线中的风景比之前更有序。西北地区的山，总是自然就伸出去，不太陡峭，树也不多，也少有水源充足的河流。这里的山没有太多别的景色陪衬，仿佛可以随着地势自然消失。不用力，却遍布目之所及的整个平原。

把几个重要的部分画完，她放下笔，开始看学生们的作业。一路看下去，许何比昨天更放得开。有限的画面被他处理得竟有奔腾之意。他的手像一下解禁了，任何素材都可以拿过来，看似不经意地捏几下，就有模有样地嵌在了画面中。他不再囿于眼前那点空间，有时还会往前往后多走走，一些远处的山，也被他叠进画面。所有的景物一齐出发，十分茂盛。

“注意准确性。”李挪抬抬眼。

只是，对他来说，此刻没有什么比眼前的状态更重要。

她看着他：放松的笔触不断让一些变化显露出来，事物本身稳固的那一层却显得轻了。但相比这个问题，她更想知道这幅画许何能坚持多久。如果他不再只是熬时间，而是不断调整，就是进步。

“盯着终点画，不管中间怎么复杂，都是简单的。重点是你们画的对象有没有改变，改变了几层。所有的终点都是设限。”

她朝大家说着，随即又看向他。

他确实在调整，但更多是把感受到的片刻连缀成画面。她顿了顿，又转身对大家说：“画一会儿，记得站远处望望。”

许多学生真的这么做了。许何仍在原地。直到又过了一会儿，他才像想起什么似的。把画板推远。

“我好像画太多了。”

“你知道写生最大的优势是什么吗？”

“直接？”

“那你为什么画这么多没用的？”李挪指着他画的花草、石头，以及远处雪山的曲线。

“它们也是画面的一部分啊，难道不该画？况且，它们虽然多，但也都是不同的。”

“确实不同，颜色花样多。”李挪道，“这张画得勤奋啊。”

许何脸一变色，瞥了她一眼：“被讽刺了。”

“每个画面，都有自己的秩序，你拿自己的秩序去套它，出来的就只能是作业。”

“我知道颜色没那么多，可不画那么多颜色，它们的不同体现不出来。”

“靠特点来体现，不如不画。”李挪说，“你想进入竞争行列，脑子里就不能想这些。”

“我不懂，我承认有些刻意了，但那也确实是它们的颜色啊。”

“你看到了它们的颜色，但哪些颜色是压着的，哪些颜色是露出来的？准确之后才有色彩。”

“如果这么说，我们画的圆，能有圆规准确？”

“准确得是你自己的，才叫准确。丰富与否不在颜色多少，在程度，一幅画里有高低不同的层次，它们的秩序决定你画面真实的程度。”

“我觉得还在学技术，没想其他的。”他低头。

“没有单一的技术，技术的革新，也是人面对自己的过程。”

“创作难道不是虚构的过程？我们如何确定画画时候的那个自己是自己呢？”

“不管我们能不能知道，‘自己’始终都在。”

“这我知道。但我觉得一直有两个自己，不能说哪个自己是正确的，只能说某个自己适合画画。”

“哪有什么几个自己，那都是你自己。”

许何愣了愣：“感觉说远了。”

“那拉回来，你觉得画面有什么问题？如果你坚信自己画得没错，你就这样画，没问题。反正你的程度，考美院问题不大。”

“我只是觉得很多东西都有，是它们确实有，我也确实看见了。但我不能这么把它们画出来，可我又不知道除了这样把它们画出来，还能怎么画。有时候觉得一张画上都是乱线，只好画了擦，擦了画。”

“看到很多东西是好事。但真的那么多东西都重要吗？不是所有元素都必须在画面中表现，开阔不是因为多，恰是因为少。”

“这我知道，但难道我要掩饰我的看见吗？”

“当然不用，少未必是没看见。”李挪说，“而是看见了，却放进有限的空间里。”

“我看见了一些新的颜色，闪闪烁烁在心里一上一下。”许何低头。

“这新的颜色和旧的颜色，它们在你心里还是一个整体吗？”李挪道。

“我只知道这是我现在觉得对的颜色，可之前那些，似乎也不是错的。”

“看见了新的，旧的就该拿掉。”李挪道，“东西永远只有那点，多的是你不舍得的部分。”

“可如果那样，不就等于重新开始了？”

“重新开始有问题吗？”

“……没问题，我只是觉得不确定，也不确定时间够不够。”

“李克德教徐培琼画画的时候，让她坚持每天早上五点在上海美专教学楼顶层画日出。徐培琼头几天画得高高兴兴的，后来就越来越难受。最后连画了三十天，交给李克德的画，每一张都不一样。”

“这故事好像听过。李克德脾气不好，当时大发雷霆，让徐培琼以后也别跟着他画画了。算是当年上海美专的一个小事件。”

李挪继续说：“徐培琼当时百思不得其解，觉得自己画得不对吗？那不然呢？于是又去画了一个月日出。她战战兢兢把画再拿给李克德的时候，他说——‘这是对的’。当时李克德的教学助理叫钟凌，年纪比徐培琼大不了几岁，在一旁看得很不明白。说，这次徐画的不就是一模一样的三十张日出吗？怎么这一模一样反倒是对的了？李克德说：怎么能是一样呢？她每一天都不一样了。钟凌当时恍然大悟。好玩的是，徐培琼直到后来很久才想明白这事儿。”

“徐一开始画的不同不是真的不同，所以李克德生气，但后来画的相同了，李克德又高兴，这很奇怪啊。”

“徐不是后面画得相同，而是她不知道自己画得不同，钟凌也不知道，但李克德知道。”李挪说，“换句话说，李克德想让徐培琼学会的，她已经学会了，但徐自己不知道，这才是好玩的地方。”

“啊。徐之前画得不同是她觉得李克德想让她学习不同，后来画得相似，是因为她画着画着知道只能尊重自己的感觉，所以画出来的看起来很像，实际上又有不同。”

“对。因为思考这整个过程的徐培琼自己始终在变化，这变化很微妙，李克德正是让她用画日出的形式画自己。”

“但我觉得奇怪。”许何问，“就算真的画一个月日出，怎么又能画得相似呢？上海又不是我们这里，长年晴天。”

“所以这是徐培琼有意思的地方。”李挪说，“她对天气这些明显的变化不感兴趣，尤其看她后面的创作，而是对不轻易变化的东西感兴趣。所以最开始的那个月，徐培琼画的日出每一张都不同，但那只是天气的变化，不是画本身的不同——她以为李克德要的是这个。后面她不追求天气的不同了，反而画出了那个一直在写生的自己的变化。所以李克德还是厉害，他让徐培琼这样去观察自己，去重视自己。要知道，他自己的画，并不是这样。”

“我记得以前看画册，李克德说钟凌是聪明型，徐培琼是憨人，跟他一样。”

“憨也有各种各样的憨。对李克德来说，这是给出了多大的褒奖啊。虽然后来普遍对李克德评价比较低，因为他一生也就留下那十四张风景画，但就是他真的让徐培琼有了自信，从那之后不再怀疑自己，而是从自己的兴趣出发。”

“所以她才画了那么多灰色的瓶子和塑料袋？”

“你看过她晚年在圣巴巴拉画的《海岸线》吗？”李挪说，“就一条线，其余全是灰色背景，但那条线，每一个点都不同，可一般人看不出来。”

“我知道那幅。传闻她当时刚刚丧子，那幅画，虽然只是展现一瞬间的海景，但其实是她六个月画出来的。”

“六个月，只画一条海岸线。每一块色彩都不同，每次不同，都是一次波动。每次波动，其他部分就跟着变一次。所以有人说，那幅画快画完的时候，来做客的钟凌一眼看穿，说徐培琼那幅画是把很多幅画叠加在一起，她的刮刀可以任意剥掉一层颜料，因为那后面的颜色也可以组成一幅完整的作品。”李挪道，“我见过原作，几乎是杰作。”

“几乎？”

“对。还差点。”

“为什么？”

“她用六个月的迟疑拼出了自己改变的过程，但其实改变只需要一个瞬间，她完全可以直接进入，不需要那么曲折。”李挪说，“那画面中灰蒙蒙的天空和海浪，已经对她的过去做了交待。”

“那过程应该是让人印象深刻的。”许何仿佛是自言自语，又确确实实在对她说，“不过动人的只能是真相，其他都是表面的波光。徐培琼不是因为跌宕起伏的过程被记住，而是她最后留下的那个改变。”

“对。”李挪说，“如果把那幅画放很远去看，容易误以为徐培琼只是画了一条明亮的金黄色。也就是这道金黄色，让她前面做的一切有了意义，让那幅据说有一万三千五百八十七种色彩变化的画真的将她的创作往前推了一个等级。”这么说着，她的脊背突然抖动了一下。而许何双腿绷直，站在和她几步远的位置，盯着自己的画面，接着又后退了几步。他看见自己刚才的画面没有一处不丰富，但这种丰富只是让这幅画看起来略显胆怯。

“你如果看过《徐培琼回忆录》就知道，其实她在画那幅画的时候已经意识到这个问题，但她还是那样画了。”李挪接着说。

“人抛弃掉以前的自己是很难的，更何况是徐培琼这样的画家。”许何突然说。

“所以钟凌说她不够狠，但话说回来，钟凌也不够狠，他只是不画看起来不那么正确的，只画自己看得明白的。李克德说他看似画得天衣无缝，但一离了画纸的尺寸就满是漏洞。徐培琼什么都敢画，明白也好不明白也好，徐是画着画着明白的，但终究不能更明白，所以她的画，尤其在美国那批，有不少是半成品。这对徐这种讲究完整性的画家来说，是很少见的。要说硬朗，还是李克德好点。”

“可李的硬朗似乎还是有点精致了。”许何道，“总是离不开清丽的花瓶、少女、山水，哪怕是墨汁和油彩的走向，都带着点坦途感。”

“坦途感说得好。宋斯有次写文章批评李克德不肯放下‘婉约’那一套，所画人物没有表情。徐培琼为他辩护，说他‘看起来是浪漫的，其实是粗粝的。他画一个人是在画万千人’。”李挪道，“‘你能记得万千人长什么样吗？’”

“我不能。”许何道，“但我相信有人能。”

“徐的那些话是说给宋斯听的，因为宋斯当然没到那个程度。”李挪道，“有个故事不知道你听过没有。说两个人，相约去画鲸比试，一个人坚称一群鲸更具气象，另一个认为一头鲸才巨大。最后你猜谁赢了？”

“这，肯定第二个吧。一群鲸尽管壮阔，但一头鲸才是属于艺术的。不过……”许何挺了挺身子，“虽然艺术最终要找的是创作者的那一头鲸。但所有找到一头鲸的，总要面临一群鲸。”

“没错。李克德很明白这个，所以他看到宋斯的文章，说他说得对。看见徐的文章，直言她在保护自己。”

“说宋斯说得对，是他说出了李的某种局限？对徐的反应，是因为他知道自己没到那个程度。”许何道，“但他仍然在努力往那个程度去画。”

“这是徐为他辩护的原因。她看到了他的诚恳，因为她也是诚恳的。”

“诚恳？”许何道，“明知道可能画不到想要的那个程度还去画，这不很奇怪吗？”

“诚恳，是知道自己有问题，努力去解决，在这解决的过程中，我们看到了诚恳。”李挪说，“你不也想这样吗？”

许何脸红起来：“但宋斯说得未必是李克德认为的那样吧。”

“当然不是。如果是，宋斯也不是那个程度了。”李挪道，“但李从他的话中看到了自己的问题，这是李比宋斯等人厉害的地方。”

“我记得宋斯也是李的学生。”许何说，“李还说他教过那么多学生，只有宋斯是真在学他的。不过咂摸着，也不知道这究竟是好话还是坏话了。”

“李是宋斯年轻时的偶像，他也是李晚年唯一在校外收的学生。但人都是这样，年轻时越喜欢，到后面越是拒绝得紧。”

“为啥？不过，宋斯后来不是去北京学画，拜在熊阑门下吗？”许何道。

“熊阑死后，社会美术出版社出过一本他的晚年作品集，里面误入了几幅宋斯的画，当时熊阑的家人很生气。”

“我记得前几年还看见本《李克德谈艺录》，里面有宋斯的画。”

“这就是李克德和熊阑的不同了。李可以说‘宋斯的话非本心’，熊阑怎么能允许呢？可有趣就在这里，熊阑生前最喜欢的弟子之一就是宋斯。李当年很少夸宋斯。”

“我没怎么看过宋斯的画。只记得他刚跟熊阑学画时的一幅《八美图》，画了八个女战士——画的倒是熊阑喜欢的题材。这幅画在当年国立北平艺专的湖岸画展上展出，熊阑看到很生气，觉得他跟着自己，学的还是李克德。”许何道。

“宋斯有他好的地方，据说李后来对钟凌说过——‘宋斯的好处是他不知道自己哪里好，他很难再走远也在于总是不知道自己哪里好。’”

“我只觉得，宋斯喜欢用聪明劲儿盖住自己严肃的地方，所以他那层‘硬朗’有些油气。”

“聪明劲儿其实是熊阑那一套。宋斯初成名于北平时，有人喜欢在饭桌上戏弄他，问他李克德和熊阑谁的画更好，宋斯不知道怎么回答，只好不停地喝酒。最后总是钟凌把他送回家。”李挪道，“可这样的问题，换作钟凌或者熊阑，谁都能回答得很好。”

“宋斯本不是聪明人。”

“是啊。李克德早就清楚了。所以他一直生气钟凌居然把宋斯引到熊阑那里去。”

“但后来徐在上海养病，钟和李还各自画了一幅画记录徐的病中生活。”

“那是徐提议的，因为只有这样能让二人关系缓和。这些人，终究是认作品的。”李挪说。

“钟凌的作品没怎么看过。他好像当老师的时间比李还长？”

“长多了。钟凌后来自己在外面收徒，不按当时流行的透视法教画。某一段时间，除了熊阑，没人理解他。”李挪说。

“我知道他是当时第一个提倡用多材质来创作的画家之一。”

“是。李克德看不上他那一套，说钟凌花样多。”李挪道，“用多个材料没问题，颜色多没问题。还是徐的那幅海岸线，改变尽管只是一瞬间，但如果没有前面那么多的跌宕起伏，徐会真的知道自己最后要的只是那一道不停变化的金黄色吗？钟凌如果不教熊阑口中那二十几个‘忘恩负义’的徒弟，他未必画得出晚年那幅巨大的

《驯虎图》。”

“有些过于用力的变化，即使对当时的画面作用不大，但只要对自己有用，就还是有用的……”许何说着，又看了看自己的画，想说什么，又最终没有说出来。

“对自己的作用还是会落到画面上。徐培琼的《海岸线》刚画出来的时候，李克德也不理解她。但如果没有那幅《海岸线》，徐可能也画不出后来的《天山》。”李挪看了他一眼，“就像刚才故事里，熊阑和宋斯其实相比李克德和徐培琼、钟凌，可能还是不够好的画家，但他们的局限也可以是我们学习的地方。”

“学习局限？”

“应该说是他们应对局限的方式。他们即使有局限，我们谈论的还是他们。”李挪道，“既然我们能看到他们的局限，他们难道看不到吗？”

“但他们还是未能真正解决这个问题。所以……”他顿了顿，“后面的那些人还是有可能比他们好。”

“可以把后面的那些人换成我们。”李挪笑道。

已经十点半了。再画一个小时，又要进入中午的评讲，不过李挪准备缓一缓。除了许何，大部分学生已经用颜料铺满了今天的画面，开始以小组为单位画速写。许何抬起头，看见李挪看他，又低下头，半晌才说：“李老师，这样是不是好些？”

李挪看过去，不禁笑了笑。他这次用了散点透视，不同景物之间仿佛在进行力量的传递。但传递到最后，却稍显松垮，仿佛把一幅更具延伸感的画面处理得平均了。

“主要感觉不像写生，更像虚构的画。”他继续说，“也不符合近实远虚，倒感觉远近都一样虚实了，或者看不出谁该在近谁又该在远。”他的背微驼，看一眼画面，又看一眼前方。

“虚构就是这样产生的，它出现在你深入的间隙里。”李挪说，“你们都喜欢从近处推远处。近处多一分，远处就少一分。难道不该它们都多一分吗？那么多大的景致在眼前——山、天空、晴天的日月，却想用这些石块、小树、花草，去体现它们。怎么可能？是高级的事物决定低级的事物，是高级的事物让我们在现在的秩序中。”

“为什么远处就比近处高级？高级的不该是画面中所有东西一起奔跑吗？”许何道。

“没错。但更高级的，是你看得远，却还能平等地看待它们。”李挪说，“自由组合是为了让事物站在更正确的位置，力量在传递中获得生命力，不只是形式上的不断转折。”

许何坐下来，仍旧看一眼画，又看一眼远处。这好像该是个大日子，但又不算，他挪动着心里那一层东西，想着要把它们放在哪里才好。

李挪看了一圈其他学生的画，接着又回到自己的画面。远处清晰而有力量，近处明确而又复杂。这一次，不是一种东西从远处赶来，也不是朝前奔跑，而是它们终于一起来了——怎么能要求事物都从一个方向以同一个方式赶来呢，它们当然是不同的。但它们不同，却催生出同样的复杂内心。它们进入画面的方式不同，让它们原本平级的处境仿佛需要一个高低，她莫名地成为那个分配高低的人。尽管她觉得，自己未必更高。但它们一前一后，把空隙留给了她——她要决定这幅画究竟从哪里向哪里奔跑。

她一颗心提起来。这选择，或者说这段心路并不比任何一段现实中的困境来得容易，甚至还要更难。它带着将知未知的曲线，把她推向一片更开阔的世界，她在获得自由的同时，也获得了不断挑战自己的权利。那个刚被发现的新世界带给她新的能量，若分配不均，或委屈了其中一个，都将造成某种灾难。更大的问题是，即使这力量均匀铺在它们该在的位置，那她又在哪里呢？不要说她是每一片力量本身，或者这力量组成了新的她。如果只是这样，那她和过去的自己没有本质区别——她首先需要的，是安置好现在的自己。这安置的程度，取决于她对过去自己的判断。她早已知道不可能再像曾经那样看过去的自己，但她有时候又突然不确定现在的自己看过去自己的态度是不是足够正确。

没有过去，也没有未来，只有此刻。任何拼接而成的都是有缝隙的，因着此刻本就不负责拼成任何一段新的过去和新的未来，因为它就是过去、现在、未来。

这样想着，她又闭上眼。再睁开的时候，她用刮刀把刚才那层丙烯颜料刮去了。画纸上现出雾蒙蒙的一片。不过她不打算立刻画上新的色彩。光线又有了一轮变化，她感受着这新变化中恒定的部分，从某种程度来说，那也是她唯一认可的色彩。

大部分学生已画完，剩下的，也停笔站在李挪背后。她换了一支中号排笔，和上次不同，她没有在任何一笔颜色上迟疑太久。太阳越来越大，她不知道是心理作用还是光线本身的变化。照耀她的光亮催促她，她不得不停下来。越是关键时候，越要有耐心。现在把好不容易凝聚的力一点点放掉。她想：待会儿，还要往回收。

仿佛一层颜色盖上另一层颜色，她用笔厚重、朴拙。从近处看，每个细节串联着另一个细节。一些超出每块事物轮廓内的色彩表达，仿佛是外部环境投射在它们身上的影子。而这影子又构成整个画面的一部分。进去、出来，折过去、拉直。它们彼此包围，各自独立。她脑子里突然浮现出红色浮标和金色海岸线。一切看起来大刀阔斧的改变，和不改变没有本质区别。真正的改变是牵一发而动全身。

只有不断向前走才有“新世界”，除此之外，人永远在旧的世界中。李挪站起来，看见山的脉络，它一路从这头绕到了那头。原本被遮挡的一层山峦，此刻也似乎离自己近了。

她已经忘记从哪一年开始，画画的时候脑子里会浮现出所画对象的骨架。不管是大还是小的事物，她习惯去顺着它们身上的纹理转折去观察——正是不断地转折使它们无边。

“李老师，这些东西看起来都和昨天一样，可今天画出来的时候，怎么颜色、状态差别都那么大？”驼背瘦男生说。

“本来就差别大啊。”许何说。

“只过了一天，就不一样了？”

“是你不一样了，不是这些东西。”许何说，“早上六点和八九点的太阳，怎么会一样呢？”

“李老师，我看见您上次给我们看的很多画是不断重复铺色的，这样不会显得脏吗？”穿军绿色风衣的女生问。

“你只觉得那是重复铺色，怎么不知他们是打开之后再打开，画本就可以持续画下去？”李挪说，“有些颜料之所以流行，就是因为覆盖性强，另外，很多时候的‘脏’只是因为不准确。”

“不断变化的东西，怎么能说‘准确’不‘准确’？”许何半咬着嘴唇。

“准确的转折才是变化。”李挪说，“有些人的准不是真准，是把对象浅化。大部分时候的‘准’是现在意识的局限。画画没有终点。最好的方法是随时能停，随时还能继续画。”

“怎么判断随时能停，随时能继续画？”许何又问。

“让它每个阶段都完整。”李挪抬抬眼说，“把整个感受和观察的过程表现出来，画面就是一幅完整的成长曲线。成长是无止境的，画面也便是无止境的。”

“既然无止境，我们画短期作业有什么用？”许何说。

“短期作业也在‘无止境’中啊。‘无止境’的是绘画本身，不是作画的方式和时间。”

“……短期作业画初级状态，长期作业画复杂状态。”

“直接画到复杂状态，短期也可以有长期作业的效果。”

“……直接画到复杂状态，不是用不着一轮一轮去画和调整？”

“还是回到刚才的问题了。”李挪说，“再复杂的状态，还是简单状态。”

“已经直接画到复杂，怎么能说简单？”

“在整个变化之中，目前的复杂，仍是简单。”

“是一次又一次直接面对问题，才产生了作品的密度。”许何说。

“对。”

“光线、外部环境不也和我们自己一起在变吗？怎么能保证变和变同步进行？”

“既然你知道我们都在一个世界，哪里还分什么环境和自己？”

“你之前不是说我们不在一个世界吗？”许何说。

“我们可以选择和别人在不在一个世界，但不管怎么选择，这世界仍旧是所有人的。”

“我不明白，既然不管怎么选择对世界都没有影响，那我们画出来的东西，又有什么意义呢？难道纯粹是给自己看的吗？”

“画画首先就是给自己看啊。”李挪说，“画画，最终画的是背后的自己。”

“这样不会太自我吗？”许何说。

“什么画不是画自我，什么创作不是写生？”

“‘自我’对别人又有什么意义呢？”许何说，“我不想画自我，我想对其他人有益处。”

“如果对自己的益处尚不知道在哪里，又怎么谈对别人有益处呢？”李挪说，“世界确实对谁都是这样的，但我们可以有自己的认识。别人怎么说，你不信，那依然没用，你信的才是你能画好的。”

许何听着，并没有讲话。他感觉这话是对的，又觉得不那么对，就像他看自己的画时，总觉得很多地方是对的，但也不那么对。他内心的志气让他觉得羞耻，又让他急切。

“听说这次写生她打算安排一个月。”

“我们要上山住？”

“有可能。”

周围同学的议论，让他突然有点高兴，又有点惧怕。正如他希望过这样的生活——画画，画画，画画。但他又觉得这样的生活未必是真实的，或者，至少不是全部，因此他总是不能放心。

“李老师，听说这个月你都安排了风景写生？那我们还去画室吗？”他问道。

“现在这不算画室？”

回家的时候已经九点。下山的路似乎比上山的路还要难。许何今天没有走主干线，而是从侧面下山，搭乘了回家最近的一趟快速公交。这座城市面积不小，但人少，所以看起来就显得小了。没有东部和中部城市堵车的问题，路上的车都开得飞快，加上中间停的站次少，他不一会儿就到了家。

近来多晴天，许何往天上看的时候，都是星星。按照李挪的课程计划，他们这帮人要连续写生一个月。在其他班看来，他们提前进入了集训。只是集训内容和考试内容并不一样，在整个年级看来，显得十分另类。

近来相关艺术类媒体号正在热转李挪的几幅画。那个被她单方面“炒鱿鱼”的“经纪人”，正在发布这些她本不愿卖的作品。甚至在一些小众的网站上，悄悄传播着她弃画从教的消息。这些原本让李挪不太高兴的事情，反而帮了她的忙。学校只当她是有名的画家，获过多个奖项，又受业内瞩目，所说的必然不会差。甚至连她带的这个班，也被学校默认为美术学院造型专业后备役。李挪倒不介意这些，她被外界认可的那部分，已经在被她抛弃。在无限精微和幽深的绘画艺术上，大部分人总是喜欢他们一眼看见的东西，并把那种特质认定为才华。

她不能对此说什么，毕竟她正是曾经因为特点被关注并获益的那部分人之一。

她此刻更担心的是学生。那些情绪化的作品、异化的现实，不该进入他们的视野，甚至不该被他们知道。在打基础的重要阶段，她认为他们应该接受严格的教育——练习进入事物的内核，不被外界表面化的特立独行侵袭。自她接手这个班以来，有人依赖特殊工具，有人喜欢制造光洁或者雾蒙蒙的画面效果，但这些东西，多半和真正的准确无关。可她不能阻止这些，他们只能自己学会辨认。

——对此，她有时比他们更缺乏耐心。她憋着一口气，决定出去跑一圈。尽管已七点，但这里还是黄昏。她想起在另一块平原上，这个时间，天已黑下来。她所处的艺术区总是显得过于安静或过于热闹。那些艺术家热衷聚会，她曾经也是其中的主角。那里人与人之间随时可以有不同别处的关系，但每个人似乎都停止了生长。

昨晚没洗澡，她身上油腻腻的，突然生出一种“正好可以深入日常”的错觉。一转身，感觉许何也是一副邋遢的样子，这让她对他生出莫名的“放心”之意。

“任何对事物没有促进作用的改变，都不该出现在画面中。”她说着，打开画纸。

“装饰性的复杂不必要。”许何刻意让自己的语速放慢，字正腔圆的，腿也不自觉地抖动了一下，心里早就迫不及待了。

“复杂该在画里对象本身的多变上。”李挪说，“不是用一些装饰性的笔触，在事物本身的逻辑上再添一层东西。”

“重点不是走上一条大路，是每天都走同样的路，突然发现了周围的不同。那些先前没有发现的，不断地成为新的事实，这才是活着让人振奋的地方。”许何突然说。

“画画的好处在于：很多东西先前不明白，画着画着明白了。其他的创作形式也如此。”李挪说着，突然想起刚进美术学院那两年，自己很不喜欢写生。那时她只道写生不过比临摹稍显高明，不再是接受别人的认识，而仿佛是学习进入客观世界的方式。她觉得那不是创作，脑子里蹦出来的才是创作。直到七年前，她试图画一幅大场景，却频频受挫。作为全系功底过硬的几个人之一，李挪为那幅作品准备了半年的草图和资料，试图用一种新型的方式呈现某个历史场面。可她很快发现这不可能。

她确实画清楚了不同人物的表情，甚至也根据他们原有的历史形象进行了自己的探索——可画完的那一刻，她觉得这完全是假的。她对那段历史根本不感兴趣，可受着某种对恢宏和寻找新型绘画方式的热情，她觉得自己应该画。那些聪明或高贵的脸，智慧或者挺拔的臂膊，在她的画中，只显得精巧、光洁，内在的纹理仅仅是画上去的，和人物本身的质地没有联系。她用越多特殊的作画方式，问题就越明显。仔细想来，那时候她就想要改变自己画画的状态的，可某种早早被认可的自信，让她不舍得放弃那些曾经相信的东西，改变，就像是承认自己需要重新审视才华，这太难了。

这么想着，她又看向许何的画。他似乎比刚才清楚了一些，不再纠结于怎么画是对的，而是根据某种新的直觉，一点点呈现自己看到的东西。

“一切客观认识只有成为自己的认识之后，才具备继续生长的能力。”她突然说，“或者说，艺术家只有在这个基础上才能称之为艺术家。”

许何往她这边看过来，很快又别过头去。

“今天，我们做减法，只画大色块，其他的都不要。”她对着全班同学说，接着，又在自己的画架前坐下。

“李老师，我也要做减法吗？”许何突然说。

“你已经在减法中。”她说。

“我觉得画面有些干燥。”他低着头，咬着嘴唇。

“不是干燥。是看起来不那么清楚，画面不漂亮，让人觉得自己仿佛毫无才华。”

“我只是没信心。”许何说，“那些人的故事，那些画家的故事，在说的时候很振奋，可画的时候知道，他们离我很远。就好像自己比了解这些故事之前更差了。”

“你是你，他们是他们。就算他们比你好，他们的画也不能代替你的画。”李挪说，“知道自己差，是进步的开始。”

“我确实不能像之前那样画画了，可现在这样的，我也不知道算不算正确。”

“‘正确’不是想的，是‘做’出来的。在还没画出来之前，所有的‘正确’都是设想。要画下去，在画的过程中不断清醒。”

“一到深入阶段就跟之前一样了，甚至比之前看起来更平庸，至少完全不突出了，连特点也没了。”他看了她一眼，很快又低下头。

“特点？”她说，“你之前画得容易。别人三小时画出来的效果，你半小时就能画出来。你的画对比强烈，比一般同学更懂得利用光影。你太明白事物的转折。你很会营造画面的氛围。甚至有一段时间，你觉得这样画毫无问题，觉得自己很有才华。但是有一天，你就是觉得不能再这样画了，你没办法再这样画。但你想念过去那个无知者无畏的状态，你羡慕那个把情绪当创作深度的绘画状态。是啊，很多人都是这样，希望自己摸过的纸都能成为一幅作品。”

她一开始说得很快，后来语速又渐渐放缓。

他听着，看着她，双手时而交叉放在身前，时而一条手臂又挪向后背。

“我不知道这样画到什么时候才是头。”许何说，“在新的阶段中流畅起来。”

“画画没有什么‘头’。”她突然说，“除非停下来，问题也会停下来。”

“我总要解决这个障碍。”许何说，“不然真觉得没什么自信了。”

“哪有什么解决？”李挪道，“所有问题都是一个问题，我们只能试图解决阶段性的，在这个试图当中，我们自己变得比之前更开阔，同时问题也在变化，它变得更复杂，又更清晰地指向某个地方——这才是努力‘解决’的价值。或者说，为我们的努力‘解决’，绘画回馈给我们的东西。”

“自信就出现在那样的时刻。”许何接着话头说下去，突然感到体内有一丝微微的温热，身体也像终于从紧绷的状态中舒缓下来。他站起来，接着又坐下。他有些焦灼，但焦灼又让他欣喜。一时间，他突然不知道怎么摆放自己的双腿，只好让它僵硬地吊在那里。

两人不再说话，保持了相当一段时间的沉默。李挪甚至不再看向别处，只是专注着自己的画面。有学生围过来，很快又散去。她不断地调整着自己的坐姿。每当感到画面需要改进的时候，她就动一下。她不知道许何是不是也这样，但她觉得他应该会这样。

“我希望它能完整一点。”半晌，他终于说，“这样大量的空白让我觉得画面很虚弱，虽然这可能是行为本身的虚弱带来的。”

“除了最好的那几个，‘完整’本就不存在，所有的‘完整’都是人让自己停下来的方式。”李挪道，“是不断的打开使之无限接近‘完整’，在这个过程中，我们终于有可能获得‘完整’。”

“如果‘完整’是拒绝人的，又该怎么办？”许何说，“难道它还会等着我接近吗？”

“人一直在被各种筛选，这一点永不会变。”李挪眨了眨眼睛，“即使今天比昨天更好了一点，人也依然要被拒绝。”

“这样说起来岂不是很绝望。”

“人就是一遍遍过筛才变得更好的，只有这一条路可走。”李挪道，“被筛选是必然的，重点是什么在筛选一个人。”

“我想直接进入我看见的，可我不能。”许何道，“这让我觉得始终无法接近真实。”

“真实同样是被筛选过的人才能够承担的。”李挪道，“这些坚固而又硬朗的东西，因为准确而让人感觉坦荡的东西，都要经过筛选。刚才故事里的那些人，海岸线那位还有画红色浮标的那位，不都是这样的吗？”

“我不明白，那些原本突兀的东西因为在画面中的合理性，变得耀眼夺目，但它们本身又有什么可说的呢？”

“它们本身没什么，是画画的那个人特别，是那个人好。”李挪道，“我们画画，要获得的也是这个东西——因为一次次努力画好，我们不得不清理自己。那闪烁的耀眼的一层色彩，是它们能照耀的我们身上最好的部分。”

“‘画完’是被筛选过的人才可能接近的。”许何说。

“当然。”李挪说，“一幅画挂上去，它的成长就结束了。画到最后，人在跟画比赛，哪怕你的心只是动了一点点，看得也非常模糊，可你依然可能画出这曲折和幽微。画一遍，就深一遍，直到有一天，你越来越清晰、干净地进入那个世界，你的色彩是轻轻薄薄的一层，但它们明亮的灰将照耀你。”

“明亮的灰？我没想过。”许何道，“这听起来让人心生希望。不断地重复画一个东西，在不断调整中呈现出的灰色，很浑浊，也很笨拙，可它们一遍遍淘洗，最终让我们找到自己的那块灰色。从笨拙，到轻松地画出那一道灰色。灰色也从沉着的状态中转变过来——它可以成为任何一道色彩，灰色也可以是明亮的。”

“非常好。S.C. 在 1923 年鹿特丹巡回画展上就展出过一幅巨型的自画像，把自己二十岁一直到四十五岁间的几百幅自画像拼成了一幅画。传说那幅创作做好之前，S.C. 心存忐忑，直到看见最终效果，才突然有了信心。”

“因为效果比他想象得更好？”

“S.C. 在那之前一直是业余画家，有几年他忙于生意，感觉自己的成长是停滞的。他心里发虚，觉得自己那些年的画与过去相比并无多少长进。直到把那些画拼起来，他发现，那些年的自己并不是没有变化，相反，内心隐约的曲线正是那些年开始波动的。他的画终于让他察觉到了这一点。”

“画有时候比人敏锐。”许何说。

“还是人敏锐。”李挪说，“因为人敏锐，画才敏锐。只是人的敏锐需要画的敏锐去确立。”

周围都是开画箱的声音，许何用水胶带把画纸四面边缘紧紧贴在画板上，看着眼前要画的对象——那是一片时明时暗的绿色，只在缝隙处看得见一些棕黄色的山体，偶尔有沙尘拂过，因此许多地方显得不那么明晰。他的右脚下，踩着几颗小石子，稍一抖腿，便往下滚落。这里的山并不高，但因为山下都是平原，显得此处挺拔。许何站起来的时候，觉得自己仿佛背着山。

今天站的位置比前几日都要高。他不知道接下来的几天，是不是该爬得更高。但越往上爬，他就越觉得空间狭小。这种狭促感，让他有一种和父母一起在家的感觉。他突然为自己的这种心情感到羞耻。

他从自己和李挪之间的空隙看过去——李挪没画色彩，而是选择素描。自独立创作后，她的重点一直在油画和综合材料的尝试中。至多在前期草图阶段画一些素描小稿，很少再把素描当成正式的创作。

她伸直双腿，脚尖碰到岩石，仿佛想以一己之力推开一层阻碍，却又被抵住。她把腿收回来，削尖一支铅笔。像上学的时候，先是整体构图，接着是主体轮廓。直到形起得差不多了，她才看见一片小树林掩映下的岩画一角。

这块岩画不比其他的那些，看起来更像是某块岩石上切割下来的，被随意丢弃在这里。个头小，上面画的东西也混混沌沌的——不过岩画都是混混沌沌的，即使碰到线条刚硬的，轮廓也多毛毛躁躁。她走近看了一眼，觉得意思不大，又坐回位置上。

对她来说，这块岩画本身画的到底是什么根本不重要，重要的是观察到它，她的画面有什么变化。即使她不直白地把岩画上的东西画到画面里，但她再看现在的景象，内心也该有不一样的地方。她想着，心思不自觉被岩石上的曲线牵动着，有些心神不宁。

太阳越升越高。

许何这次画得老实，情绪也不高。他心中似有明明灭灭的灯火，一会儿亮起，一会儿暗下去。他觉得自己反反复复，即使难得前进一步，也会再次出现之前存在的问题。排笔从右手手指轮番替换到左手手指上，他有些着急，却不明白到底该怎么做。他想要直接，却觉得自己无法信任此刻的直接，他总要再想想，尽管他明白此刻已经是这几年学画以来看得最清晰的一次。但他不得不迟疑，他不知道目前持有的这种准确，是不是很多很多人都曾经历过。

他放下笔，盯着天空。阳光一如既往的耀眼，他又低下头。这几日，因为盯着画面久了，他没有注意周遭的动向。这些东西好像都成为光斑，在空气中无限分解，让他觉得离自己很远，却又始终在画面内打转。这么想着，他突然又沮丧又雀跃。他弓着背坐下来，默默笑出了声。

“这么开心？”

“没有。我只是觉得状态好了许多，却始终少了点东西。”许何说，“光线始终在变，我不可能跟着它一直变。”

“跟着光线走没什么意义，关键要搞清楚光线的变化和整个画面之间变化的关系。变化一旦彼此断裂，就没用了。”

“我只是觉得，眼前似乎只有光线的变化是比较明确的。其他都含含糊糊。”

“具象的变化不如心里的变化清晰——尽管看起来是外露的变化更明确。除非这外露的变化真的被我们相信，可你的反应明显不是。”

她接着说：“光线是现成的特点，容易表现，也容易表现得简单。有些人觉得伦勃朗不就是玩弄光影吗。可他们看不到伦勃朗光影的纹理。人的表情在光线的不同层次中进进出出，光影本身才有成立的可能。光影不是属于早晨和黄昏，也不是属于明和暗，它和我们所画对象本身的变化一起跳跃。”

“光影让变化的方向气象万千，丰富中更加清晰。看画的人能从这条脉络中理解它，从而接近了准确。”他突然说。

“说得好。”李挪道，“不过，还是说‘从而有了接近准确的可能’贴切。”

许何又埋下头。他觉得刚才这套说辞自己以前就知道，只是李挪跟他对话的时候，他觉得通透许多，所以才能说出来。这样想来，之前那些，仍不是真明白。可这关过了，下面还是一团乱麻。如此想着，他的心又有点灰暗。

这几天，班级有人私下转发李挪最近拍卖的几幅画。这些画像纸面上的大型装置，甚至有标准的细节，像仪器，严密、沉甸甸。想象力如四射的火焰，在画面背景中奔腾。他未想到她居然画过这样的作品。他看到的李挪，应该创作那些深邃的现实主义作品，或者进行淡而悠远的抽象表现。可如果她不是这样，她还会那么早成名吗？他突然又想，这想法让他自己不禁一颤。在许何过去穿梭过的许多京城画室中，关于天才学生李挪的传说一直都有一些。

有人说她文化成绩很糟，是X省艺考历史上唯一靠着专业课成绩全国第一的名次进的美术学院。但她平时不住在学校。除了必要的课，她几乎不在课堂上出现。进大学第一年画素描雕像，被美术学院美术馆收藏并长期展示。而那幅作业旁边的几幅，都是半个世纪前从学院走出来的著名画家献给母校百年诞辰的作品。还有人说，她原本可以去欧洲继续深造，却因为语言关始终过不了，被迫放弃。很多人为她感到可惜，但她觉得在哪里都是画，还能有什么比自己的内心更新吗？当年的她自信自己走在新绘画的前列——在某知名艺术论坛写过的几篇画论中透露过此意，那些文章在一些艺术青年群体中影响很深。

可是，这些传说终究只停留在所谓“天才”的层面，甚至，李挪真正的创作，大家在很长一段时间内都未得见。有人说，她摆不正写生和创作之间的关系，作品缺乏特点，没有个人风格，和不少青年艺术家一样，靠着扎实的学院背景和老师的扶持，作品得以零星出现在几个不出名的群展上。直到五年前，她的一幅超现实作品《宇宙、大地、水》突然得了“燎原青年艺术展”金奖。自此，每隔一年，京沪两地都有她的个展出现。但网络上除了一幅像素极低的海报，没有任何展览上的画作图片流传。据说，这是经纪人的运作——所有作品，一律不予拍照。就连她当年那幅成名作，都很快通过各种途径被删去信息。然而，和画作的神秘不同，她作品的拍卖新闻却时常出现在艺术新闻中，据说，其中一幅叫《树与天空》的，拍出的价格比个别成名已久的画家还要高。也因此，这次李挪的作品在网上流传，吸引了不少好奇者。

许何是在画画的间隙看那些图片的。在这所偏僻的西部城市读艺术中学，他很多时候都是想着自己要怎么画，很少关注其他人做什么，或者现在的艺术环境又是怎样。李挪的这些画让他感到神奇。这神奇和他某种程度上被孤立的感觉类似，都让他兴奋而又沮丧，沮丧是一个来自外面的、新世界的人在他身旁，而他对她还一无所知，兴奋的是这样一个人在他身边，让他觉得自己距离某种奢求已久的绘画状态近了一些。他变得很执迷画画——不只是想成为画家，而是画画这件事，让他觉得自己终于自由了。当一个人想沉浸在他喜欢的世界里时，总要有一个媒介，他找到的媒介就是画画。在这里，他的迟钝和羞涩都有了出口，甚至连带现实生活中的沮丧，也成为某种维持神勇的武器。可这一年来，他内心感觉到的困惑比过去更多，困难也更多。他期待从李挪身上获取一些新东西，尽管他不愿意承认。

这几天，他一直想找个时机跟李挪谈论一下她的画。可李挪似乎对此毫无兴趣，他甚至没有机会把话题切到她的作品上去。

已经是下午了，很多学生都画完了，三五成群地开始聊天。李挪皱了皱眉，绕着整个班的作业看了一圈。

“这个俯视的山，到底哪里来的？”

“不是可以自由构图吗？”

“自由构图当然可以。但这个构图，你们觉得准确吗？”李挪指着一幅俯视构图的画说，“这种构图看起来出挑，可它还是在你们脑子里，并没有落到纸上。”

“另外。”她说，“你们想俯视山峰，那要站在哪里呢？”

“站天上。”有人起哄，“当神仙。”

“我记得没有要求画人呀。”这位学生说。

“人不用画，你画出来的风景，就是此刻的心境。”李挪说，“神仙是很苦的，哪有人真的想当神仙。”

“难道不是一心想成仙才成了仙吗？”许何说。

“那是人的想象。就像你们画画，脑子里说着我要画好，那是没用的。”

“我觉得这幅还是挺好的，只是有点光滑。”许何道，“感觉颜色、轮廓，每一步都太合情合理了。”

“一般人想象出来的，都是简单又光滑。这不特属于年轻，是任何不经反省的人任何年龄都可能出现的。而那种真正的顺畅感，是人内心的年轻，投射在作品中的。”

“我想起了《千里江山图》，王希孟十八岁画的。”许何说，“不过，那画倒不让人觉得光洁。”

“那幅画是清晰明亮，年轻天才的样子。”

“照前面那么说，那是把自己画进去的年轻，很多人有时候画的，是编排的结果。位置不该是事先安排好的，是它们之间的联系决定安放的位置。”许何说。

“是。”

许何看了看她，说：“不过我想知道。”他迟疑道，“事物本身在一个集体世界，那事物该在的位置，不也是一个整体位置的局部吗？”

“局部也是整体，眼前的整体只是更大程度上的局部。二者不断交替、演变，才构成进步本身。”

“既然如此，为什么又要讲整体和局部呢？”

“我们自己的画有它的‘整体’和‘局部’，但那个画面之外的更大的世界，也有它的局部和整体。不必急着知道什么是局部，什么是整体，先把注意力放在眼前的画上。”李挪往一旁站了站，从这个角度，正好能看见下山最快的那条路。

“感觉个体清晰了，集体就乱了。”又有个男生说道。

“你真的知道哪是个体，哪是集体？”李挪抬抬眼，“你画得用力，画一个东西，眼里只有这个东西。”

“我觉得收太紧，之前有打开的。”男生说。

“打开？什么叫打开？”

“放松呀。我之前还是有放松的。”男生试图让自己显得不那么着急，反而让自己看起来更着急了。

许何听着他们对话，面露微笑。心里又激动又略略厌倦起来——这两个感觉互相交替，只因这问题他已清楚知道。

“打开的是作画状态，形式上放松了，东西本身没变。”李挪朝他说着，边看了一眼旁边的许何，“你要真正收，不是情绪上控制自己。把抖腿的那点情绪，放进画面，内里自然茂密，外在也自然平静。”

“我想往前，但不知不觉还是缩回来了。”穿着军绿色风衣的女生说。

“退也是你的‘进’，但每一次退，你要知道和上次退得有什么不同。”许何突然说。

“有东西隔着我，我知道。”她继续说，“‘放松’的时候心里不踏实，‘紧贴’着画也觉得不对。没办法朝前。”

“没贴上对象，就还是装饰。”许何听着这些话，渐渐有些没有耐心，只好不停地接话。半晌，终于在自己的画前坐下，但很快又站起来，没有再坐。他眯缝着眼，注视着眼前的一团——它们是灰绿、灰黄、灰蓝的一片。他突然不再关心它们之间的关系——反正它们是一体的。他只需要知道，这幅要画的是什么，而不是要画“哪些”。如此想来，他突然又画得顺畅了。

“不是要画色块吗？许何怎么捣鼓了一团。”

“捣鼓一团，是要乱炖？”

“这叫一锅鲜。”他冲那个同学嚷道。

“煮在一起才好吃呀。”李挪笑道。

“许何在玩概念艺术？”

“真要‘概念’，很容易画得清晰。才不会是许何这幅画里面乱七八糟的。”又有人道。

“很多很好的画也清晰啊。”高个儿驼背瘦男生说。

“好的画都清晰。但你能看到画家那个最终的清晰吗？”李挪问。

许何听着，又抠了一下裤腿。李挪看了他一眼，转身继续画自己的。刚才那些错误的线条被她擦除了。有些去不掉的痕迹，被她处理成新的开始。她想起前几年，去看一个同学做的景观设计。在一片旧房子外，同学按照它们原本的构造、色彩延伸出一层空间。远看过去，就像自然生长在上面的。她的食指抚过纸面。上学的时候，很多学生都喜欢揉搓画面。那些处在阴影之中的，都被虚过去。还有些暂时处理不了的，被分割成不同的区域，撑起画面的一部分。只要能显得坚固，就可以是对的。她一直被教导不要这样，当然，更主要的，是她想知道那被虚过去的阴影中，到底有些什么。

此刻，那些旧的痕迹与新的线条重新组合，似一股股参差不齐的力量，在她的画面中流淌。她感觉有许多新的能量从她眼前滑过。

身后的学生已经散去，有的看向许何。少数几个在原地看着李挪，但也走神严重，目光空落落的。她知道又到了评讲时间，这批学生因为考试时间限制，很多人心理上不愿意画超过三小时的作业，尽管人在座位上，却总在磨洋工。她看向许何，他已从画夹拿出一张之前的素描，用橡皮在之前的画面上动了遍“刀子”。先处理掉一些过于死板的边缘线，又利用反光把事物之间的影响关系做了细微调整。整个画面看起来通透许多。

她站起身，从笔袋里拿出圆规，冲着一些同学说：“你们几个平日喜欢拿笔量的，来看看，这个有多少度？”

一个男生愣愣地说：“50度左右？”

“左多少？右多少？”她说着，马上用圆规又拉出一个钝角。

“这个呢？”

“这不是测量游戏，圆规的角度更直接，你们平时喜欢拿笔量，这次你们试试拿圆规量量看。”

有几个学生已经拿圆规对比眼前的对象，手快的已经在纸上画出新的形。测量的时候他们表情自信，可是落到纸上，眼中又有些沮丧。

“怎么觉得好像更不准了呢？”

“准不准不是因为圆规，是你们自己和准确之间的差距。”李挪说，“借助工具确实可以让画面效果更强，但工具不会教你准确。准确，只能从自己的眼睛和手上来。”

“不过。”许何接腔，“不是有那个故事吗？练习射箭的人为了练自己的准确度，一直对着一根针看，直到把针眼看得非常粗非常显眼了，老师才放他去射箭，结果从此百发百中。”

“故事讲得不错。射箭高手通过观察练眼睛敏锐度，我们看圆规，也是练眼睛的敏锐度。”

像把自己的少年时代回顾了一遍，李挪突然又生出一种坦途感，但真正的少年时代，这种坦途之感多少有些一厢情愿——因为那时是成长带来的希望光辉催生出来的，但现在，她知道这感觉的根源，仿佛回到那个少年时代的自己，并理解了“她”。许何站在这里，瘦瘦的，沉默，却又因渴望进步的心显得明亮。这种气象再次通过另一个人传达给她，让她突然觉得没有什么是不可以实现的。

就像那个设计出“原生态村落”的朋友，那些看似和整个村庄完美结合的改造，也终究是新加的，它们回不到那个“旧”中去，只好以新萌芽的姿态出现。真正的“生长”是不能预期的。真正好的秩序，也不是摆正位置，是让事物回到它自己——这些她早知道，但真画的时候又总忘记，现在想来当时仍旧不算真正知道。曾经，她带着横扫千军之姿肆意饱满地创作时，它们给她的光环就仿佛是给那个少年时的她以和蔼的拥抱。那个少年聪明、忠于自己，却唯独没能到人群中去。那些跟随心绪改变的外物，仿佛是一个个异化的她自己。可她知道，那时候自己了解到的自我，或许只是曾经某个心性上的自己。她对那早已生长得更复杂多层的自己长期漠视，所以才会在突然被激醒的一刻感到挫败。但现在，她已不再觉得这是件挫败的事，而觉得振奋——她毕竟通过了那样长的一段路，被获准进入现在的世界。

那个早已生长得更坚韧的自己，在看似情绪更饱满的“少年”们面前，似乎显得不够动人，还有些古板和过于认真，可这种认真恰是它内在的旺盛生命力未遭损害的原因。

她重新削尖了一支笔，线条先在天上丢几笔，再往地下丢几笔。甚至起形的时候，色彩也跟上来了。看起来很远的一些事物，也一齐跟着画面在推进，离近看，她面前纷繁混乱，放远看，却又清晰无比。

前些天为了给学生示范，她刻意控制了画面的秩序——看起来在整体推进所有写生对象，实际每个层次之间仍有空隙，这空隙让她的画面显得更有秩序，但终究过于讨巧。现在这幅，她觉得更符合自己所思，不过，这未能让她真的满意。从画画伊始，她就知道应该这样做。尽管在很多年内，她执迷技术，只有写生的时候，技术与她之间才会隔一层。她明白自己的弱势——在还不知道应该画什么的时候，先知道了怎么画更好。知道自己真正想画的是什么的时候，她才发现很多从一开始被技术规避掉的问题。

以至于现在的写生作品，仿佛跟自由创作之前的水准无差。她得不断打破自己的局限，不断去追赶无限的事实。在这其中，她更要知道的，是自己的“真实”在哪里。真实的难度必须经过自身的磨炼和反省才具备意义。甚至，她必须把他人看画的心绪也考虑在内，才算是真正的清晰。那个理应勤奋的自我要求的，根本不是捕捉，而是创造。

许何已经开始画新的画。这次是他相对更擅长的速写。刚才的对话中，他说出了许多自己没想到的东西，这在某种程度上舒缓了他的紧张。

画了一会儿，手机在背包中开始震动。他想伸手把它按掉，但还是放弃了这个想法。他希望它响几下就停掉，但它没完没了起来。

“不接吗？”李挪问。

“还是按了吧。”他说，“震动好像比直接响铃更引人注意。”

“有的人可能需要在心理上安慰自己——他们可能听

不见那声响，所以振动。”

“可很多时候人们也未必不知道其他人知道吧？”

“关键是隐藏声音的行为——如果你明确表现出不想被一个人注意的行为，那人们多半不愿意注意你。这不是因为他们看不到，而是他们把不注意当成对你的安慰和尊重。”

“可惜双方总是不能互相知道。”他念叨着，顺便瞥了一眼未接来电的名字——这次是父亲的。

他没有打过去的意思，但还是有些担忧，但他担忧的是晚上可能会没有睡觉的地方——他不确定家里现在还是整齐的。但他决心什么也不做，他用接受的方式去逃避。

“因为不能互相知道，才需要精神生活，这是人在补充缺失的交流，给人与人之间上一层润滑剂。人总需要消化自己，这是我们得以面对世界的条件。”

“没有精神生活的人呢？”

“任何人都是有精神生活的，只是方式和程度不一样。”

“这我知道。”他突然有些急躁，“有时候我觉得自己活得有些分裂。”

他皱着眉，迟迟疑疑地继续说：“画画是一种生活，日常又是一种。”

“哈。”李挪看了他一眼，“按照你之前说的，你该觉得生活和绘画是一体的呀。”

“如果周围都是你这样的人，那或许画画和生活对我来说就是一体的。”

“谁能确保身边都是什么样的人呢？”李挪道，“就像你画画，大部分同学选的景致，不也被你绕过去了？”

“我觉得自己在用两种体系生活。适应一个，对抗另一个。”他思忖道，“更像躲避。”

“也是对抗的方式。”她说，“只要是对抗的，就还是有所纠缠，芜杂。”

“对抗不是一个明朗的态度吗？”

“真正的明朗是根本不会去关心那些不认同的东西。对抗，就还是有怒气，是让人拒绝进步的东西。”

“我该把这些当成对自己的锻炼。”他说着，口气有些尴尬。

“你要知道它让你生气的原因。就跟画画一样，一遍遍调整，一遍遍淘洗你的心。”

“我觉得这些事就是无解的啊。”

“你这么想才是无解的原因。”

“人怎么能处理好那么多事情呢？拒绝是保护精力的一种。”

“如果这就是你的责任，你还要拒绝吗？”

“责任？谁能限定谁的责任吗？”他突然说，又羞红了脸低下头，“你的意思我明白。”

“你在意，就还是感觉到了责任。”

“责任不是我能选择的啊。”

“所有人的生活，都是自己选的。”

“我只是觉得一回家就很浪费时间。”

“我们总希望一整天都在画画，除了吃饭睡觉。”

“是。”

“可其他事情难道不也是创作？只要思考没有停止，创作也就没有停止。”

“我只是想在画画之外的时间，尽可能想做个普通人。”

“谁不是普通人吗？”李挪说，“你只是心里觉得自己不应该按照普通人的步骤去生活。”

他突然不作声。

“我们总是设定一个场景——那就是我在创作，或者我在学习。仿佛这些之外的时间，就是某种现实生活。”

“画画也是生活。只是不太一样。”

“是啊，不一样，所以画画出现问题，人总会觉得是画画的问题，而不是生活本身出现了问题。有人喜欢说‘我想做个普通人’，其实就是‘我玩不下去了，我想跑’——这就是他们最终只能‘普通’的原因。”李挪说，“如果人能承担自己该承担的责任，他就已经不普通了。”

“万一真的承担不了呢？”

“刚才已经说了这个问题。谁让他不能承担得更好呢？”李挪说，“不过，那些真正好的人嘴里的指责，很多时候就已是维护。”

“这个是。但如果画画和日常是一体的，其问题也只是以不同形式表现，那很多杰出的画家生活一团糟又怎么说呢？”许何道，“是不是不在‘修行’的状态中，就不能创作了？”

“创作本身就是人的‘修行’。”李挪说，“很多人的生活都很糟，不是因为他们是画家或者艺术家，只是因为他们为人所知。只是现在这倒还成了很多人脑子里天才的样子了。”

许何低头：“但那些真正好的画家，他们本身都并不想把生活过糟。”

“人不断地解决问题，也是不断地在清洗自我，这本身已经是收获。尽管即使如此，很多事情也不能朝着所谓好的方向发展。”

“真正好的艺术是能治愈的。”许何道，“你想说这个吧？可艺术的好与坏，与它讲述向上或者向下的东西有关吗？艺术创作本身难道不就是面对虚无的方式吗？”

“可问题是人还是想解救自己啊。你不是吗？不然你为什么不能用之前的方式画画呢？因为继续那样画已不能让你平静。”

许何坐下来，张张嘴想说什么，又最终没有说。

这一天过得似乎很慢又很快。许何坐下来，收拾了下心情，想把这幅画做个了解。李挪则走到其他学生扎堆的地方，评讲了大家的作业。今天下山时间有些迟，大部分学生选择在山上的民宿过夜，许何则执意要回家，李挪也决定回到山下。

他们一前一后走着，路过一家拉面馆的时候，坐下来要了同一碗面。

“李老师，你怎么想着到我们这儿来教书呢？”许何问。

“可能因为这儿是平原吧。”

“平原？你也从平原来？不过你那边气候肯定要好些。”

“我倒觉得这边气候不错，虽然有沙子，但很干净，我们那边湿润些，但土质松软，不整齐。”

“我小时候，听说省城要迁过来一百万人口，后来楼就没命地盖。反正我们这边很多土地本身种不了庄稼，不盖房子也可惜了。可谁知道房子盖起来了，人却没来。”许何说，“比如我们家那个小区，整栋楼就三家常年住人的。因为人少，我爹妈当时干脆选了临街的一套。可过来过去除了大货车，也没什么人。”

“我那条街人倒不少。”李挪道，“能均匀一下就好了。”

“你那条街，主要是咱们学校的家属。美术老师多是外聘的，流动性还大，每年还有很多写生项目，要接待外面的画家，都住你那条街了。”

“不过，我那条街也挺新的。好像风都把脏东西吹跑了似的。”

“当然新啊，大部分老师来这边教个一两年就走了，有的只待三个月。房子刚染上人气，又空了。还有的，就用来堆杂物。气息都是混杂的，所以也显得陌生。”

“主要不是陌生，是因为它们随时可以是新的。”

“这句话听着同样很振奋。”

“不过，人总想重新开始，可哪有什么重新开始呢？”李挪说，“哪怕回到小时候，站在平坦的高处，觉得脚下的大地怎么走都可以。可那种新的，又是未涉世的感觉，涉世之后的人，带着沉甸甸的过往，即使斩断，这个新的自己也已经和之前那个新不一样了。”

“既然这个新的还是和最初那个新不一样，那人的改变，岂不是没什么用了？”

“当然有用。自由从来不是挣脱，而是即使在社会的标签和定义中，你仍然可以是你自己。重新开始，也不是斩断过往，而是走一条自己的路。”

“过去那些难道不是自己的路吗？”

“所有要斩断的，都是因为它们不是我们真正要走的路。”李挪说，“但所有走过的路都不是白走的，它们仍然有能量和能量的余温不断输送给我们。”

许何微微晃着右腿，感觉有些明白，这有些明白让他仍想跟李挪多讲几句。

只是她暂时不想说话，等着他把最后几口面吃完。

他们今天写生的地方靠近山下。许何一路走下来，只觉得四周围都缓缓的，像拉着一张百叶窗，一点点，透过傍晚的灰蓝色。他摸着口袋里的手机，把它拿起来，又丢下去，继而任凭它在口袋里蹦来蹦去。

“有时候我觉得，我们这儿是扁平的。”他突然说。

“这个说法有点意思。”

“我们这边人少，地多，楼也多，不像你们那边的平原，人多，密密麻麻的，所以显得厚。”

“这也不对，我觉得还是你们这边厚。”

“这又怎么说？”许何问。

“你们这边，天是天，地是地，有区别，却又包裹在一起，我们那边的人和树，楼房和斑马线，都紧凑地拼在一起，看起来更复杂，其实显得没有耐心。”

“你们那里不像我们这边，发展相对缓慢，很多东西之前还保持着过去的层级关系，你们那边不是了，人心都是张开的，往哪里冲都可以。”

“说得好。”李挪道，“今天脑子转得很快。不过我认为不是人心张开，而是人人都觉得自己往哪里冲都可以。”

“我突然想到白天说的打开和完整的那段话。如果人不断在去往完整的路上打开，那岂不是整个世界都是一体的，都是平面的了？”许何突然说。

“平面？哪种平面呢？”

“当然是互相流淌互为源头，从哪开始走都可以，因为内心有归处。”他说，“既然都在一个世界，那这高低不平的山，往上往下的路，都岂不可以是互相流淌的？”

“这当然没错。但我把大家召集起来，也想让每个人都看看彼此是怎么选的，有的人选这一处，有的人选那一处，这个选择已经体现了你们的心性。每一个选择，都可能是一个短暂阶段。”

“我想站在人少的地方。”许何说，“你说这附近这么大的两个山头，怎么大家都喜欢聚集在一个地方？”

“山很大，但观景台就那几个。换条路走，成本又太大了，万一没有更好的风景呢？”李挪说，“不过，这不该是你想的问题。站在人少的地方，不是刻意避世，而是你走到后来发现背后没有人。”

“我只觉得那些没什么人选的地方，可能更适合画。”许何道，“它们看起来更自然。”

“真正好的东西会严格选择它的主人。”

“那如果是山下呢？”许何突然说，“一片荒地铺过去，没有房子，也没有庄稼，更没有人，也没有车，该如何画这样的场面呢？”

李挪看着他：“难道不是那些障碍本就不该有。一切好都该是真的好，不是靠其他事物的衬托。你处理好自己，其他的，就会知道如何自处。”

“可如果是古典画家呢？”许何突然说，“我听说古代很多画师画画的时候，都是不署名的。画出来的东西多是大场面，大景观，人挨着人——那时候也没有写生这个东西，凡事都在心里，也没参与过。所画的都是陌生的，那时候又怎么放置自己呢？这种听起来像闭门造车的东西，又怎么说呢？”

“闭门造车？只要知道一个东西的能量，即使不去，也可以神游。画画表现的是客观世界，但更是人自己，或者说，世界落实到个人身上才有意义。我们无法感受一个莫名的整全世界，但我们能了解自己。走一圈，只是让自己可以近距离触摸，但这个触摸的过程可能已经是另一个故事。”李挪说，“你看过地图吗？”

“看过啊。”

“有喜欢的地方？”

“曾经喜欢俄罗斯，总觉得那是一个宽阔、整洁，爽朗的地方。后来也喜欢柏林，不知道出于什么原因，就是觉得柏林很坚强，觉得那是个自由的地方——虽然这样说很奇怪。”

“我以前喜欢纽约，后来去了一次，发现这种喜欢没有消散，只是渐渐演变成另外一种东西。”

“我都没去过。”他两边嘴角上扬道，“不过，倒神游无数次了。”

“即使空荡荡的，只有名称的东西，只要能对人产生能量，或者说这种能量还未曾消散，它就仍然是有意思的。”李挪说，“你觉得柏林坚强、自由，我倒是觉得乌兰巴托让我想到这两个词语——以前看过一个新闻，说乌兰巴托市民很多居住在下水道里。每当清晨来临，很多人从下水道钻出来上班、上学，想想都是很好玩的事情。”

“我突然想到重庆了。从前没通地铁的时候，坐在车上也如同缓慢地上山。有时候觉得在平地上了，一转身发现下面还有三条街。仿佛那多出来的三条街都是脚下这一条街的影子。不过一切敏锐的感觉，要提炼出来，才不只对自己有意义。”许何道，“把创作者作为通道，让自己成为联系不同东西的桥梁，让能量通过自己传递给他人。在这样的过程中，创作者自己也不断地蓄满能量。”

“本来不就是这样吗？”李挪说，“画画就是把自己蓄满，如果不这样做，我们又如何向自己之外的人传递让自己激动的画面？在不断画画的过程中，人的生命力量在转移——画画本就先蓄满我们自身才得以进行的。”

“这听起来很激荡。”许何道，“我感觉自己被说服了。”

“说服？”

“画画本来就是生活，我不该让它们分隔开。”

“其实你早就这么觉得了。”

“但我还是疑惑：对真敏锐的人来说，万事万物在他心中，他如何把自己不同的敏锐糅合成一个东西，再把这个东西整个表达出来？如果这敏锐本就是分散的呢？它们难以被真的理解和吸收，自然不也被观看的人拒绝吗？”

“大部分时候，对什么敏锐不是人能决定的。那能感知到更多的人，只能承担更多，去维护内心不同敏锐之间的秩序——责任本就是这样确立的。”李挪说，“不是把不同的敏锐糅合，是让它们生长，成为整体。”

“这么说，一些比较好的画家可能被批评——他们随时会被新的宇宙撞击，很难始终保持清晰的面目，但某些平庸又精致的作品会大行其道？”

“这难道不是所有时代的现实吗？”李挪说，“如果不能更好，就只能被‘平庸的勤奋’越过。”

“想成为一流本就得有足够一流的能力。这能力甚至不只在画画上。”

“画画本身是人面对自己人性的过程。”李挪说，“如果画面自身更完善，层级更高，它也会挑选自己的观众。人不断画，是为了让自己的好更好，只有这样，好的这个能量生命力才更久，希望就从这里诞生。”

“行动是能产生能量的。”许何道。

“不同程度的事带给我们的能量不同。”李挪道，“敏锐，或者说观察力也好，都是如此。理解的东西不同，感觉到的开阔也不同。”

“敏锐要有深度才有真正的能量，否则就只是锋利了。”许何说。

“对。所以一切好东西都要挑选人的。上面说的这个，有可能是因为创作者真的不够好，但也有可能是他的程度高于很多人，看似分散，内在是聚拢的，只是这层级不是很多人可以看见的，是观众被过筛了。”

“但还是要承认敏锐是能带来特点的——当然特点也分程度。”许何说。

“这话说起来没错。可‘特点’恰是真正好的人已经过掉的一关。”

“我大概明白。好东西会筛选人，它不可能被那么多人明白。而这样的东西，它的特点不会那么外露。”许何突然说，“我知道了。是对待细节的准确程度。”他继续道，“是对待细节的准确，决定‘好’的层级。”

她突然微微一抖：“没错。到某个阶段，可比较的就是这个。但更好的是不仅每个细节都准确，且随时可以从任何一个局部看起，每一处都好，能量在画卷上流淌。”

“西晋时期刘乙光的《东城赴宴》吗？”

“那幅可以。”

或许是说得太快了，两人都有些呆滞，以至于李挪觉得应该调整自己说话的语气。

“也是对待细节的准确程度决定画面是不是真的丰富。”许何补充道，“我的画还是太干燥了。”

“想要丰富并不难。你要记得准确的形式不止一种。”

“什么意思？”

“进入准确的路也是准确本身。”李挪说。

“路和目的地本就是一体的。”许何说。

他们已经走下山一会儿了，在昼与夜交接的灰光中，李挪隐隐约约看见一条路。她和许何一前一后走着，没有再说话，而这条路的前面，是一块更为坦荡的大陆，他们在余晖中窥见其一侧面貌。他们每天都走在这块大陆上，只是今天格外清晰。天色渐渐暗下来，遮住了一些视线内的障碍物，使其显得更为澄澈。李挪看着它，觉得似乎可以这样一直走下去，她不知道许何是不是也这样想，不过只一瞬间，她就不再去想许何了，因为比那更重要的是——她自己走在平原上。

2016年3月19日—2017年3月19日

于上海

他常常经历着不被理解的最好的事

北京风沙大起来的时候，齐彭住在望京小区某个高层顶楼，夏天没空调，冬天没暖气。有一天，他揣着压扁的面包，穿过几条马路、一群韩国人，在SC美术馆西门入口处瑟缩了一下，继续驼着背大步流星迈进去。那里正展览宋子义和高扬的画，还有一个展厅放着没来得及撤下的伦勃朗和提香。美术馆曾对学生免费开放，不过现在不行了。过去仅有三个展厅，如今扩大到六个。最中心的一个，是艺术家做讲座的地方。有一段时间，每周都有艺术家来，但这半年，它陆续挂着几个青年画家的群展，不肯撤下——有时恰逢经典作品巡展，这些画被堵在中间，显得非常可疑。不过那次齐彭要去看的，是宋子义、高扬逝世五十年后第一次在国内的个展，SC

美术馆腾出了所有展厅。走进去时，他觉得美术馆前所未有的平静。

首先看见高扬三十岁画的《剧院女工》，也是他最有名的作品——几个刚从台上下来休息的女芭蕾舞演员，其中一个跷着脚、抽着雪茄；另一个扶着墙、一只脚在地板上转动。还有一个背贴墙的矮瘦少女，双臂保持着舞台上的线条感，一条腿呈尖钩状挨着另一条腿站着，唯一稍显松懈的，是直立的那条腿。这幅画被当成高扬三角构图系列的典范之作，要说问题，或许是抽雪茄的女性表情激烈、手势娴熟，看画的时候总让人觉得她不合时宜。不过齐彭对此没什么感觉，反正这幅画画得怎么样，他都不感兴趣。

《剧院女工》背面的墙挂着宋子义的《奔月》，如果从美术馆另一个门进来，首先看见的是《奔月》。给这样两两齐名的艺术家做展，委屈了任何一个都不妥。齐彭看见《奔月》，不自觉地笑了笑，双手交叉放在身前，左腿轻轻晃动，很快又并拢。接着，再次不自觉地摇摆起来。宋子义喜欢从神话中取材，构图和场景布置皆有气势。高扬的画多使用细小的曲线，所述情感幽深细腻，他的画对齐彭是关闭的。然而，宋的这幅，齐彭也只是有好感，至少他不能坦然地说自己喜欢。

这两人的名字多年来不曾并列出现，一定要追溯，仅上海图画美术院的第一次毕业展上，两人的画曾同时出现。当时，他们中间隔着徐夕的《牧场》，只是多年后，关于徐夕的作品评论渐渐变少，倒是两边的宋子义和高扬，一次次被提起，在拍卖市场的价格也越来越高。可外界反复提起的那些画，齐彭不以为然——什么《教徒》（宋子义 1930 年作品）、《平原》（宋子义 1936 年作品）、《寂静的少女》（高扬 1927 年作品）、《在迈阿密》（高扬 1937 年作品），等等。但看完一个展厅，一路全是这些，齐彭有些没耐心了。他的球鞋摩擦着展馆的木地板，发出刺啦刺啦的声响，仿佛在故意引起注意来掩盖内心的急躁。他从画渐渐看到展馆中的观众，直到发现这些人的面目更平淡，才又将视线投向墙上的油画。

宋这次搬来的画并不多，但多是大画，且他鲜艳的色彩让人印象深刻。高扬的画很多，不过除了前面几幅，多是小画，看起来密密麻麻，又总觉得作品没有宋的多。高扬二十世纪二十年代去了美国留学，一开始生活潦倒，画过不少商业作品，后来很多人说高扬就是这样败坏了自己的声名，但宋子义不这样认为。后来高扬渐渐在国外有些名气，生活也好了点，一度邀请宋远离国内的环境，但他拒绝了。1920—1928 年前后，宋子义被限制人身自由，只能画静物和女性。以至于后来有不少人说，那是宋和高创作主题十分相近的时期。也是那段时间，高扬画了《剧院女工》，宋子义画了《八骏图》。齐彭在 B 展厅看到《八骏图》，那画的是八个表情张扬的女战士，想想这些女人原型都是妓女，心里觉得很讽刺。不过隔壁高扬的一排风景让他又平静下来，只是这平静来得有些突然，他皱起了眉头。

这组画是高扬二十岁左右在美术学院画的，和他在美国的那些风景小画不太一样，笔触相对刚硬、莽撞，少了后期的流畅与柔和，但组合在一起又有怪异的风采。色彩呈现出隐约明亮的灰色质地，花园深处有片片芳草点染，他心痒痒的，仿佛最好眼前就是一个画架，而他可以马上坐下画画。

不过，尽管如此，他期待看到的惊艳转折、起落瞬间，这画中没有。宋子义的画尽管看起来更有气象，但那更深一层的东西似乎又和时代靠得太近，他觉得无法进入。这两人在自己老师口中，都是天才式的人物，可他觉得并没有那么杰出，直到又一转身到C厅的时候，才有些发颤。

那是一幅巨大的大卫素描全身像。在《图画美术院50年》纪念画册上，他看见过这幅画。不像后来无数翻版的大卫像讲求肌肉和线条，这幅素描把大卫画得很像现实生活中的人，且画出了雕像的质感，空间感十足。一层真实感和一层时间感链接起来，气息浑然，又带着隐隐迟疑，某种莫名的光芒在雕像上流淌，却不知流淌到哪里，让他为之一振。

有人说它是宋高二人在美术学院学习期间所画，也有人说是高扬去美国之后画的大卫，最多的说法是——宋子义十八岁时画过这样一幅画，后来遗失，高扬为纪念他，补画了一幅。直到现在提起大卫像，很多老师还是会从教学资料中拿出这幅画的照片放给学生看，在某些艺术网站上，还有这幅画的解说视频。齐彭曾在教学片中看过原画，都不如此刻震撼。尽管纸张泛黄，很多细节模糊不清，但他清楚这画自己画不出来，这样一想，他有些沮丧。

不过，尽管这画有英姿，可出现在展览上，还是显得不合时宜，仿佛出于主办方的特殊喜好，非要在几个展厅的交叉位置摆放它。齐彭在地面上滑行了一下，绕到这幅画背面。他喜欢它，但他很快知道看不出更多了，只好移开视线。

最后一个展厅摆放着两人同窗期间的画，和他们后期的作品不同，保存得不很完好。唯高扬的《女同学》保存得不错，这是被高当时的老师徐在湘激赏的作品。只是现在看来，关键处有些过于用力，加上人物看起来不特别，齐彭只扫一眼就转移了目光。《女同学》旁边是宋子义的《码头》，技术上显然比高扬流畅。他读过徐在湘晚年的《新年杂忆》，徐当时说这幅画“各自有头脸，却泯然众人矣”，宋当时不服气，徐又说“多处用力，实则不用力”，年少的宋子义当时不以为然。倒是高扬的画被徐当着宋的面表扬，说他“硬朗又清晰”。在教过的学生中，徐只说高扬准确，即使宋逝世之后在欧美名声大噪，他也未曾表扬宋半分。当然据说他还表扬过很多人，但那些人都被遗忘了，于是当年的表扬也没人追究了。

齐彭看《码头》，只觉宋子义画得好，但或许又只是画得好了。这后面一个念头让他心中一惊，仿佛看出了自己多日来的感受而又不敢说。他伸了伸脊梁骨，觉得自己是关键处绵软，不重要的地方倒纠结过多，因而显得轻飘飘，不强壮。这想法在他心中闪着闪着，他不禁着急想回画室画画，可迎面一个亮晃晃的银漆皮速写夹让他突然清醒过来。

来SC美术馆画画并不稀奇，最开始的时候齐彭也经常来这里临摹。但即使是很多被自己判断不够出色的作品，再仔细跟自己的画对比时，他仍深觉挫败。它们有的整饬他没有，而他想画的，又总画不清朗。以至他后来很少来这里临摹，即使被好画勾起心思，也憋着回画室。这么想，拿着速写夹画画的短发女生倒显得特殊起来。她个子高，看起来是个大骨架，如不细看，红色粗框眼镜后面还真雌雄莫辨。只是她双腿并拢，透露出一丝不易察觉的精致，让他不敢轻易搭讪，只悄悄绕到女生后面想看一眼——只是他没想到女生画的是自己。

“别人来美术馆都临摹馆藏，你怎么画起路人了？”齐彭脸有些红，右手手指在掌心摩擦着。

“路人不是美术馆的一部分？”女生中指扶了扶眼镜框，“每个美术馆的路人都不一样。”

这话齐彭记了很久。即使现在，每当回想起2007年，他还是会记得SC美术馆的那一天。

之后，他考上南方一所美术学院，头两年还顺利，到大三，他发现自己始终无法进入真正的艺术创作。毕业头一年他在中学当老师，业余在高考培训中心挣快钱。偶尔和北京画室的同学还会联系，谈起当年的风沙，对方说：“现在都说雾霾了，谁还关心风沙？”

“那北京现在还有风沙吗？”他追问着，而对方的头像已经黑下去。

转折发生在一年前，齐彭觉得还是要画画，于是从学校辞职，在西北地区一路逗留。遇上天气好的时候就在户外写生，天气不好就拍照回到住所画。他认为，只要再经过一段写生的过渡，他就可以找到自己的创作语感。可不管怎么画，他好像都被拒之门外。越没信心，又越希望能画好。仿佛为缓解压力，他开始在写生的时候搞无数心思，并把其中一幅投给新青年艺术展，没想到拿了银奖。颁奖的晚宴上，满场英文流利而又笑容夸张的青年，简单交换了微信号，就不知道还能和他们说什么，只好再逃。

先跟着一个艺术项目去阿姆斯特丹待了一段时间，又去美国的多赛设计学院参与在那里留学的同学许恒的创作计划，一路下来，他内心全是沮丧。直到临近回国的晚上，许恒问他要不要去SC美术馆的短期课程当老师。

“又当老师？我刚从学校出来。”

“是SC美术馆啊。我记得你以前老去那里画画。”许恒说，“课程有点无聊，主要针对素人画家。好处是能看到很多外面看不到的画。”

“外面看不到？”

“你不知道吗？SC美术馆把很多散落在海外和民间的中国画家的画搜集过来，每三个月内部展出，只面向VIP会员。哦，偶尔也有不常见的国外名画。”

齐彭当然知道SC美术馆VIP会员的分量，但还是说：“又有什么特别？难不成比欧罗巴三杰还好？”

“三杰好，可你在三杰身上看到了什么好？”许恒继续说，“我只是觉得说不定这些有破绽的画真能让你有点感觉。虽然我一直觉得你不是没感觉。”

“你的意思我明白，可我试过，没什么用。”

“我记得你大学时喜欢高扬和宋子义啊。”许恒说，“不过对外你总说自己喜欢巴图那。但除了《无名画家》，我也没觉得你真关心巴图那啊。”许恒狡黠一笑，“反正这次你就去发现一下呗，说不定有更值得‘虚构’的‘高级’。”

“你这是赶我走了。”齐彭道，一边想着自己已经买了明天的机票，可许恒不知道。

正式去SC美术馆的时候赶上北京立秋。天气说冷不算冷，但因为有风，齐彭觉得冷。他穿着绿色大衣，背着白色双肩包，手中还提着画箱。再加上地铁站汹涌的人群，他几乎觉得自己又回到了艺考的时候。不过，真到了美术馆，他才意识到自己要教的根本就是一些没有多少艺术鉴赏力的富太太。她们大概只想画几幅精致的油画挂在自家客厅。直到第一堂课结束，走进许恒口中只有少数人才能进去的展馆时，他才稍稍有些振奋。但他振奋不只是因为确实发现了一些少见之作，而是他看到了下节课的老师——画出了《正北方》的张卿。

尽管齐彭没觉《正北方》多好，但他知道无论它好还是不好，他现在都画不出，加之画者和自己同龄，他多少更关注些。展馆窗帘拉着，光线有些暗，他觉得贸然走过去拉窗帘不太对，于是又想开灯。

“关上。”

这声音把齐彭吓了一跳——这分明是个女声，可他一直以为张卿是男人。他慢了半拍似的道：“你看了那么久，是看谁的画？”

“高扬。”张卿道，“不过也可能是徐在湘的。”

“我只知道他和宋子义一起画过，没想到还和徐在湘一起画。”

“徐在湘晚年很多画委托给了高扬，据说后来都被高扬改过。”

“有这事儿？难不成包括《丁酉组画》？”

“哦？看过《丁酉组画》的人不多的。”

“就是这个展厅，2009年展出过，看的人很多。”

“我的意思是，看的人很多，看过的人不多。”张卿说着，转过身走了出来。

她的口气让齐彭有些不悦，心想画《正北方》的人居然是这样的。不过他还是坐在最后一排，想听听张卿会讲什么。

只是她又看向他："那个，你，还是出去吧。"

"我不能在这儿？"

"你的存在感太强了，让我注意力分散，讲不好课。"

齐彭哭笑不得，只好转身进了刚关好门的隐秘展厅。许恒确实没说谎，仔细一看，这些作品张张有看点。这让他对选画人有些好奇。如果把这些画公开，这些人的艺术地位甚至可能要重新掂量。他绕着它们走了一圈，美院毕业后，他就很少看画展了。大部分时候他躲在画室里写生，因为画不出自己的创作，这是唯一能安慰他的方式。时常学生放学，他的时间才开始。

齐彭注意到四面墙壁交接处各挂着一幅一模一样的作品，走近一看，发现是巴图那的《无名者》，它和《无名画家》创作于同一年，是巴图那"陌生人系列"第一批组画的第一幅。画中一个穿长袍的长发僧人赤脚走过茫茫戈壁滩。画这系列的时候巴图那刚刚三十岁，组画完成后他回到故乡，中间经历了几次时代动荡，一直不肯从故乡出来。到晚年，他执迷于画风景，一片荒地或者平原伸出去，一个人都没有。大学的最后一年他很迷巴图那，有一段时间，他觉得自己或许也可以这样创作。许多晚上，他悄悄走进画室，开着灯，或临摹巴图那的作品，或自己画，夜晚很安静，可他找不到自己那一束声音。

四幅《无名者》形貌看似一样，其实仅一幅形象更为准确，齐彭觉得它们应该创作于不同时期。也或者，只有一幅巴图那的作品，其余皆仿作。可这些画怎么齐整整挂在展厅里的？他很好奇。

从蓝玉、徐在湘、江滔，一路看到巴图那、高扬、宋子义、乌蒙、徐夕……图画美术院和北平艺专的学生占了大半。还穿插上世纪欧洲自由派和日本感觉派的作品。多是近些年逐渐被重视的画家。摆放的方式看起来漫不经心，实则心思细密。比如蓝玉的画更多和自由派挂在一起，徐在湘除了最出名的几幅，基本都和高扬的挂在一起。唯一让他不平静的，是很多第一次得见的画作，让他仿佛看到一缕逐渐闪耀又慢慢暗淡的光芒。

“齐老师也对这些感兴趣？”是张卿的声音，齐彭这才发现她其实很矮，加之五官线条柔和，此时的她仿佛比刚刚女性化许多。

“哦，我还想这么问你。”齐彭道。

“这里有几幅普斯。我想看看。”张卿说。

“我看过您的《正北方》，背景中那一片海景是对普斯《海岸》的致敬吗？”

“你可以跟网上一样说‘抄袭’。”她自嘲着，“不过，要说致敬，其实致的是罗德。”

齐彭大抵听过这些议论，而她话中隐隐的自负和自信，让他接着话茬道：“罗德和普斯还是太不一样吧。”

“普斯的《海岸》有一半就仿照的罗德的《林荫路》。”

“哦。这我不知道。《林荫路》倒看过，罗德的细节做得准确，那画也是细节堆叠出来的。”齐彭故意道，“不过光普斯四分之一的《独立日》就把罗德甩下去了。”

“普斯一直在挑战自己的局限。和他相比，罗德强调完成度。”张卿道，“所以西多菲说，‘罗德和普斯相比是小画家’，但他也说了‘普斯的画虽然豪阔，但他呈现的世界自己也不确定是否准确，罗德虽然在一小块地上耕耘，但始终保持着属于他的清晰和准确’。”

“属于他的。”齐彭重复道，“不过普斯的准确就在他确认准确的过程中。”

“如果这么说当然没错。”张卿看了他一眼，很快走向另外几幅画。而齐彭不觉看向挂在展厅最高一排的《中国街》，半身赤裸的画家打开出租屋的窗，外面街上从卖各种小食的，到仆人装扮的黄种人，每一个人脸上的表情都不一样，但他们似乎交织出同一种东西。这是高扬四十二岁时画的，齐彭花很久时间临摹过。当时的老师说：“高扬把许多声音幻化入一条声音，你是把一条声音拆解成很多声音。”这话他记得很深，但始终没想到怎么解决，也就耿耿于怀至今。

他站在椅子上近距离看这幅画。从前他临摹的是照片，这次看见原画，只觉得这当然是一种声音，因为画家看出去的眼神就是这一切的底色。

“刚才说罗德，我倒突然想起高扬了。不过他还要更打得开一些。”

张卿扭头看了他一眼，脸上肌肉微微抖动了一下：“我想起巴图那说的‘每个人最熟悉的语言都来自童年’，高扬画《中国街》的时候已经离家近二十年，可那画上的人，和他早年画的老家其实没太大区别。”

“《中国街》上的人看起来还是高扬以前画里面的人，可高扬自己变了。”齐彭说着，渐渐少了些紧张。他把手放进口袋，接着又拿出来，然后他双手交叉在前胸。

“他是变了，可画的还是他自己。还是那一个市声。”

“很多声音也可以复合到一种声音。”齐彭说，“《中国街》之后，高扬画了《白海豚》。”

“我喜欢《白海豚》。”张卿微笑起来，“不过那画得不像海豚，像鲸。”

“有可能本来就照着鲸画的。”两人说罢，都停了下来。

齐彭站在普斯《沐浴中的母亲》前看了一会儿，坐下来的瞬间，他发现旁边的画就是罗德的《家庭教师》，还有高扬的《东区》。

“这是普斯‘瞬间’艺术展上的一幅，没想到这边还有。”张卿道。

“还好，毕竟我也没带画板。”齐彭微微有些僵硬，“有阵子想临这个，不过感觉画得怪怪的，就停了。”

“我很少临摹。”张卿说着，试图让语调慢下来，“不过我临摹过巴图那的。”

“巴图那哪个？”

“他上图画美术院时期的那幅《马路》。”张卿道。

“那幅干净。”齐彭说。

“不过巴图那后面所有的组画系列几乎都是对当年那放眼一望的世界的变形和深入。”张卿道。

“深入确实有。不过我没觉得是变形。巴图那说过‘每个人最熟悉的语言都来自童年’，但还有后半句‘每一个童年的真正确立，是这个人最后站的位置’。现在说巴图那的画跟那时候有关，不还是从《无名者》开始，他真的画出了自己的准确。”齐彭说。

“高扬批评他重复自己，宋子义认为不是。不过还是蓝玉说得更准。他说巴图那虽然不懂招式，但因为心里有东西，所以画得厚。”

“是厚，但厚得又有浮光感。我以前喜欢《无名画家》，只是刚才又看了看，他画得其实还是想象的。不过，据说1989年他在纽约展出过一幅《最后的蒙古人》，听说很棒，你看过吗？”

“我一开始以为那幅会在这儿出现，不过我想多了。”张卿道，“但刚才在里间小展厅看见了《最后的蒙古人》的草稿图，画得很精神。”

两人越说越快，齐彭不自觉超前紧走几步——他看见了那幅草稿图。

他想起在自己喜欢说热爱巴图那的青春期，也试图把他所有的画拿来写生，可他发现完全无法进入。巴图那画中景物之少，从一开始的懵懂感逐渐到后来的专注，甚至看似残酷——他只对人所站的位置感兴趣，或者说只对自己所站的位置感兴趣，只是他不知道，他摆准了自己的位置，于是所有东西都在他画中有了位置。他画中的景物越来越少，恰是他自己的位置终于越来越准的体现。这么想着，齐彭觉得内心有隐隐约约的激荡涌出，这想法让他觉得羞耻。一瞬间，他想巴图那青年时或许也是这般，所以那时候的《无名者》隐隐有些急切。而眼前的《最后的蒙古人》，完全是一片盛世的模样——即使是最后，即使是一个人，整个人也仿佛是天地精华的收集者。唯一让他不安的，是这画中所画的盛世，仍然有摇摆感。他突然觉得，巴图那可能到最后也没有抵达他看到的那个世界，更可能，他始终站在世界的边缘。可他此刻不也就站在自己看到的那个世界的边缘吗？他喜欢说自己喜欢巴图那，或许也是因为巴图那也只会一招，不像宋子义和高扬那样变化多端，始终在换血。他小心翼翼地处理自己的画自己的题材，用勤奋沉默等待（或许有）天眼为自己而开。这样想着，齐彭突然觉得脚下生风，却又愈发沉重起来。

“我想起巴图那上学的时候画的那条街，还是徐在湘继蓝玉之后第一个看出了好来，他编辑《五十年纪念画册》的时候，特地把那幅画放第一位。蓝玉很高兴。”张卿说。

“徐不是说巴图那画得踏实，才是学生该有的样子吗？他那话肯定是对宋子义说的，估摸着也不是严肃的评价。”齐彭道。

“听说徐晚年觉得当年对巴图那的评价不够高，想补偿他。”张卿道，“这一点，还是高扬看得清楚，说他们所有图画美术院的学生，都在给宋当‘榜样’，可见徐是真偏心。”

“这段故事蛮好玩的。现在来看，宋的画也是好往高了走，内在却少了一层提炼。”齐彭说，“高扬说他要是多一层对细节的准确，他早就是大师了。”

“高扬一直不比宋子义差，但他一直在藏。蓝玉和巴图那更愿意跟他亲近，因为他的作品随时在传递能量，宋子义作品的能量到他自己那里可能就终止了。”

“你说得准。不过你看过他画的《大卫》吗？”齐彭突然指着展厅一角，“还有那边，是他逝世前一年画的《奔月》，和以前展出的那幅不同。”

张卿看过去，这幅画比宋之前那幅更缺乏细节，但仅有的轮廓线都用到了关键处。

“这幅有神气，但上一幅更见野心。”她说。

“上一幅他什么都想画，这幅收敛了，他知道自己关心的就那一个点，把所有力量聚拢在了一处。”齐彭说着，脸有些微微发热。

“我很久没关注他和高扬了，现在脑子里还是以前他们展览上的《剧院女工》和《平原》。不过……”

她接着说：“现在看过去，这里面他们的几幅比以前那些好太多了。”

“是啊。尤其是这幅《公园西路》。应该是高扬晚年画的。”齐彭说，“我以前喜欢过他的风景，很节制。可这幅，虽然节制，但画中的情绪中又不可抑制地往外冲。”

“他是一直压着画，直到压不住。”张卿道，“蓝玉说高扬的‘压’反而保护了他，让他到后来也画了那么多好东西。”

“蓝玉一直喜欢巴图那和高扬，也是好玩。他更喜欢的这两个人，都更听徐在湘的，倒是宋子义时不时地喜欢去蓝玉那里碰一鼻子灰，不过当时的图画美术院，老师们都喜欢打击宋子义。”

“宋在我印象中总是那一路瘦高个子，他画画不计精神成本，仿佛画一次就要把力量用尽。所以蓝玉觉得他四十岁之后画不下去画。”张卿说，“只是宋居然就死在那一年。”

“高扬也没好到哪里去。宋子义去世没几年，他也得病不能画画。不过，倒是他整理了徐在湘的很多作品。”

“徐的很多作品因为他得以保存下来。但整理工作做得最好的，还是徐夕吧。他画得最好的，就是这批人的肖像。”张卿道。

“是啊。徐夕还资助了他们很多人呢，不管是高扬刚去美国，还是宋子义被限制自由的几年，更不用说巴图那晚年的画展还是靠着徐夕留下的艺术资金。”齐彭说，

“宋子义和高扬被打击严重的那几年，是徐夕一直提醒他们要沉得住气。高扬后来说，当时不觉得这话重要，直到后来才逐渐体会到其用处。直到‘不知不觉间画面上出现了霞光’。”齐彭说，“虽然要说锐利谁都比不上宋，但他的锐利是自己拔出来的，高扬后面的那层锐利是不经意间的，所以让人过目不忘。”

“是他前期的努力让他终于有了那状态。”张卿说，“这里面展出的高扬的画，倒多是晚年的一些，之前没见过，凭这些，他甚至应该比宋子义更好。”

“他一直没比他差。”齐彭说着，脸上的肌肉微微抖动了下，“但宋子义找到自己那一条路之后，把青年时期画的很多题材重新画了一遍，以至于现在看，真不知道哪个才是他年轻时候画的。”

“宋一直在试验自己该走哪条路，在这点上，他比高扬晚开窍，但这也是宋的画面始终有旺盛生命力的原因，你永远觉得这个人还能往前走，因为他始终在试验，始终有新的可能。”

“他的准确也在试验过程中，只是没高扬稳定，显得不准确。”说完，两人都停了下来。齐彭觉得自己仿佛用对话的形式又把这些画过了一遍。很多画不在眼前，但他似乎看得更清楚了。那些第一次见的画，也因为前面这一层清楚，他对它们也有了亲切感。

两人一起走到小展厅。张卿指着一幅巴图那的小幅肖像道：“这次他的四幅《无名者》据说是四个阶段画的。”

“也可能有三幅是仿作。”齐彭道。

“不可能有仿作。这些画就是巴图那的孙女选的。”

“孙女？”齐彭惊讶了一下，“他的后人不是死于前些年乌盟的226号火灾了吗？”

“火灾只是烧去了巴图艺术馆三分之一的创作，他住在馆内的家人还活着，只是不露面。”张卿说，“他孙女你应该也认识，就是你们学校造型学院的副院长果旭娜。”

“这真没想到。只知道果老师的姓不是母家的，没想到她还是巴图那的后人。”齐彭突然说，“难道这四幅画里面有三幅是她画的？”

“我确定北边那幅应该是她画的。其他两幅就不知道了。”张卿道，“你看那幅，戈壁滩上有个牧马女牵着一匹马。如果是巴图那，他不会出现那匹马，因为他会觉得整个戈壁滩就已经有马的痕迹，为什么要牵一匹？”

“这个判断我同意。”齐彭说，“不过另外两幅，会不会是仿作呢？”

“如果是仿作，果老师不会摆在这里，但如果不是仿作，巴图那到底为什么画三幅一模一样的景象倒很神奇。”

“我明白了。”齐彭走近了看道，“这三幅画每一幅都比前面一幅少了点东西。第二幅比第一幅少了几块石头，第三幅比第二幅少了几朵云。我觉得第三幅是晚年画的，而且这幅画里面他画的不是僧人，就是普通人。”

“画普通人这个很重要?”张卿突然说，“一开始的僧人原本就是普通人的感觉，只是我们看装束知道是僧人，现在这个看装束是普通人，但侧面的神态和前行的动作，明明是个修行人啊。”

“正是这样，所以这幅画可能更晚画——神性发生在僧侣身上并不稀奇，但发生在普通人身上，才正是修行者或者传道者的能量所在。日常本就是修行。他的《无名画家》画的就是一个人在路上一边给外族君王画画又要一边向心中本民族的神灵叩头谢罪，就这样一直叩到自己国家的国界，神灵突然现身‘赦免’了他。也是那一刻，画家才发现自己是神灵的使者。”

“是在那路上成为了使者。或者说，那就是他成为使者的必经之路，在那一刻，外族君王也不重要了。”

“不过像巴图那这样的，他看什么人都只能看得出自己想看的那部分，这一点，他和宋子义一样。”齐彭说。

“宋子义早就看到了更多的东西，他只是不愿意画。”张卿道，“他画妓女都画出了民族危亡感，难道不是吗?”

“那时候的民族危亡感是整体性的吧，所有人都不自已在那样的夜幕之下。”齐彭道。

“不过他还是在赋予，这太明显了，现在看《八骏图》感觉是讽刺画。”

“他那时候需要用表情的张扬突出自己那一层不能明说的东西，这也是他后来越画，人物表情越模糊不清的原因。”张卿道。

“他想把所有人的表情容纳进去，反映到画面中，就是旋涡一样的人脸。那些脸始终在晃动或者振动，也多是一瞬间的，观众随时可以按照自己的理解去填充那意思。他是把那些年看到的无数人的表情叠加进去了。”齐彭说。

“所以震撼。哪怕他没有那层所谓的细节的准确。”张卿说，“这是他离我们比巴图那离我们近的原因。”

“这个近恰是宋子义对‘细节的准确’的把握。”

“你说得好。”张卿道，“普斯的准确恰也在这里。”

“宋和巴图那对准确的把握都来自自己，这一点蓝玉和高扬都不够清楚，但徐在湘一直看得清。”

“但徐自己的画，却离高扬更近。”

“应该说高扬离他更近。”齐彭说，“他的《在迈阿密》和《丁西组画》的最后一张用了同一个构图，甚至人物也接近。”

“不过，”张卿说，“这次看见了高扬几幅新的画，确定他不比宋差，但可能明显比徐在湘更高。”

“我还是觉得徐在湘更硬朗。”齐彭说，“他从不在同样的位置表现同一种迟疑。”

“可高扬的迟疑就是他获得准确的方式啊。”张卿突然说。

“如果没有这样反反复复，前前后后，高扬怎么知道自己在异国他乡的小花园里照样可以搞创作。”齐彭接着说，“但这么看，巴图那不也是吗？蓝玉更是迟疑到九十岁吧。”

“每一个都是，普斯和罗德，甚至三杰也都是。”张卿说，“迟疑本身就是底色，哪怕宋子义这种喜欢拒绝迟疑的，最终还是在犹豫不决中看清了自己的方向。”

“不能说犹豫不决吧。应该说，是不断检查。”

“现在可以说他们是在审视自己，可当时呢？当时他们也都是毛头小子，没身份没地位，也没有进入艺术竞争的序列。”

“是他们后来做出成绩来了，前面的那些犹豫才能称得上是审视。”齐彭尴尬道，“这话听起来倒跟自己有关了。”

“自己是通道和方式。”张卿突然说。

“用自己去认识世界，自己变了，世界随之打开。”齐彭说，“不过自己和世界本不就是一体的吗？”

他说完，自己也有些发愣。仿佛今天说了这些话的人不是他，或者不是那个他以为的他。而张卿张了张嘴，突然发现了自己刚才的紧张。

他们俩一路从展厅的左侧转到了右侧，终于停止了讲话，两人并排朝前走，又过了一会儿，齐彭朝相反的方向走去。直到走出展厅了，他才突然意识到展厅其实不大。只是墙上密密麻麻摆满的画作，让整个空间有了密度。他感觉好像重新看了一遍近代中外美术史课本中的小字部分——那些小字，曾经都被认为是不重要的东西，此刻被他重新认识，也像对自己记忆中这些人作品的更新。像摇摇晃晃走在一条独木桥或铁索上，而今终于走到一片大陆——张卿脑子里终于不再想自己的画，而他终于想到了自己的画。

2017 年 4 月 8 日于上海

在湿地与海洋之间

夏天有时候是一个好季节，但有时候不是。八月风最大的几天，徐宇又来到了岛上。这次她没有乘坐二十九小时的火车和两小时的公交车，而是穿过一段三十分钟的跨海大桥，就轻轻松松站到了曾经站过的地方。她已经在这个岛所属的城市工作了四年。四年是徐宇曾认为自己对一个城市的热情能持续下来的最久的时间，现在“大限”将至，她已没有去另一个地方生活的愿望。这让她觉得自己所谓的四年期限，不过是年少时给自己设的限。现在她已经到了另一个人生阶段，需要对那时候的认知进行一次重新洗牌。她在社交网络上把曾经打满星的电影改成了三颗星，屏蔽了一些言论和自己渐行渐远的朋友圈好友——确切地说，是一些她认为已经逐渐变得极端和狭隘的朋友。但她同样为自己屏蔽他们时的心情而羞耻——那是一种既庆幸又战战兢兢的优越感，让她对自己非常厌恶。可厌恶激发的不是她对自己新的反思，而是对曾经的自己和曾经友人更深的厌恶——尤其让她对自己感到惭愧和羞耻。时隔几年，她仍觉得不该认识他们，也不该一度被他们影响，但即使已成为某种崭新的人，她也无法把那个内心的自己与他们割离。受这种灰色心情影响，每天下班后，她都会去东江大道散步。她会提着自己的黑色大布包，蹬着中跟鞋假装去另一个地铁站——以避开所有同事。直到走远了才停下来，在风来风往的大道上坦荡地换起鞋。然后她跳一跳脚，双腿交叉站立一秒，对着蓝色跑鞋拍张照——仿佛自如地从沮丧状态切换到愉悦状态。她走得很慢，虽然穿的是跑鞋，但从没有跑起来过，仿佛担心好不容易积聚的愉悦感随着迅疾的脚步挥发掉。

但这种小心翼翼维护的“快乐”那么可疑，让她偶尔也有一些表演型举动。比如对着江面上的轮渡大吼“来啦来啦”，又或者端着架子爬上旧码头遗留下来的高高的装卸吊塔。吊塔在她动作的幅度下略显摇晃，一度让她兴奋，只是很快她便平息下来，陷入沉默。轮渡的汽笛声沉而不闷，仿佛有一朵很重的云压下来，又有一组风把它吹出一条缝。徐宇的记忆就在这缝隙中来来回回。直到路灯都亮了，天完全黑了，她才提着高跟鞋重新往地铁的方向走。她走过三座装卸吊塔——一座绿色的，一座橙色的，一座红色的（和跑道的颜色一样）。她总觉得继续走下去可能还有其他颜色的吊塔，但她没再接着走，而跨海大桥就在远远的前方，隐约能看到循环闪烁着红橙黄绿青蓝紫七种不同的颜色，一度让人觉得它离自己很近。通常，徐宇等不到七种颜色闪完就会转过身，直到最近的一次，她裹着大衣爬完了所有吊塔，看完两艘轮渡在江面上巡逻，然后跳下来，决定到岛上看一眼。

她曾想过联系之前的朋友。为此，她把这些人从她的屏蔽名单中解除，看还有谁在岛上。但大部分人的朋友圈已经看不出具体动向。直到有一天，曾经的女性朋友晓南突然放出一个小视频，配文是“和 W 在湿地公园玩”。W 的名字，徐宇很熟悉。在晓南的口中，她曾通过小岛寺庙里一个修行者传话，跟寺里的住持恋爱，当然收场很难看。

“她当时像得了躁郁症，任何一件事都可能把她急哭。”晓南站在海边，“她那时候丢了手机，站在宿舍楼下吼，抓头发，绕着电线杆转圈。我们都傻了，只能帮她找。然后找到了……但那是一个分手短信，那位帮她跟住持传话的人说，其实他根本没有真的传过一句话，只是 W 一厢情愿喜欢住持而已。而且是 W 傻，她完全可以直接联系住持，可是她不敢。”

晓南侧身站着，全身被晚霞笼罩，额前的几缕发丝在耳畔飘荡，让她在徐宇的眼里有些不确定感。

“不是分手短信吗？如果本来就没跟住持真有交集……”

“不是跟住持……是跟那个传话的人的。W不知道，那一年，她听到的来自住持的回复，都是那个传话的人说的。分手短信也是那个人发的……”晓南右手从粗绳编织袋内拿出一大颗白色棒棒糖，冲徐宇挥舞了一下，一个看起来只有十二三岁的男孩扛着扎满糖葫芦的草木棒子从她们侧面走过，耳朵里还塞着白色耳机。

“那人年纪比晓南还小，说是在寺里修行，其实是家里没人管他，就让亲戚养在了寺里，在那里学了识字。住持是他其中一个师傅。”

“住持年纪多大？”徐宇当时还是问出了这个她觉得备感庸俗的问题。

“不知道。我们都不知道，可能W知道吧。”

“你们没见过？”

“没有。W怀孕后，我们十几个女孩都去寺里闹，要说法。那个男的被寺里绑起来，住持根本没出现。”晓南说，“也可能出现过。但场面太混乱了。大家都在哭，W没哭。她坐在石板地上，看着自己的球鞋，一动不动。”

晓南后面又说了几句，但徐宇完全没有听见。那些字句压缩在一起，简短而轻率地交待着一个女孩的青春期。

“然后呢？”她恍了慌神，像大梦初醒。

“然后？”晓南把眼睛睁得更大更圆了，“然后W就变成了一个讨厌的人。阴晴不定，越来越胖……她去S市引产，家里没人陪她，父母亲都不在。我和杨跟着她，都害怕她会自杀。但后来当然也没有……孩子拿掉了，我们买了很多补品，W平静了一阵子，又变得让人讨厌了……她也知道大家不喜欢她，开始各种撒谎。后来还是高二结束前，她那个在南方的妈妈突然来了，说要把她带走，我们都以为她去那里上学了。后来知道她去了造洋娃娃的工厂做流水线工人。流感爆发的那一年，她给我打电话，声音发抖，跟我说她的食指卷进了机器里。”

那年夏天的海面很平静，就像眼前夏天的天空一样。徐宇踮着脚，试图走在记忆中松软的土地上，却突然觉得脚下很坚硬。这像是一个提醒她的信号——她已被曾经的那个世界隔开。一瞬间，这种伴随着失落的距离感让她备感安全，但她厌恶的优越感却再次回潮，尽管很快又被她打落下来。她知道自己还不能真的坦然，那不能说是恶劣也不能说真正残酷的记忆，她在回想时却一次次备感残酷。她担心这种坚决抵御后，坚持容纳后剩余的“残酷感”只是近似于一种新的自怜自艾——但另一方面，她又坚信自己有了强悍的精神力。尽管她内心的筛选机制和判断机制并不够健全。

阳光打下来，在徐宇能看到的这条宽阔马路上，除了梧桐树的阴影，都是一块块黄色和蓝色混合的光斑。

有的宽，有的窄。但越是窄的光斑越因为细长曲折而显得难以捉摸，它们一路沿着树叶和人行道的影响，沿着行人和自行车的间隙，不间断却又形状摇摆地朝着路的尽头跑去，仿佛能一直绵延到湿地和海洋之间。徐宇拿出手机，希望打破被它们吸引的状态，她再次看了看旧友们的动态——没有人更新。

她没想好联系谁。但如果要联系，只能联系晓南。那些其他人，有的在阴影边缘徘徊，有的从未跟她真走得近，而晓南虽然和她聊得还算深入，也都灵巧地避开了所有具体问题。她们像怀着某种复杂的欣赏态度看着对方在自己生活的边缘。

“哎？是你呀。”隔着电话，晓南的声音听起来仍很近很流畅，仿佛只是几日没有跟她说话。

“你在做什么？”徐宇的声音愣愣的，接近紧张状态却又不是紧张。

“哈哈，在喂白白！”然后，她像突然想到什么似的补充道，“我放养在小区的猫！你还记得吗？”

这条路的尽头就在前方的前方，除此之外，它宽阔而笔挺。岛上的人和过去一样少，人和人之间隔着几步的距离，偶尔出现三四人聚集的场面，但也都步调缓慢。所有缝隙都尽可能塞满树，密集的植被让它显出一些清澈感，而面前精致的小区又让这种朴素的感觉变得有些虚浮。

“来多久啦？”晓南穿着白色厚底鞋，黑白相间的蕾丝连衣裙盖住几乎和小腿一样瘦的大腿。

“今天刚来的。”徐宇食指在鼻梁前划了下，突然意识到自己没戴框架眼镜。

“我们先去坐一坐，然后你想去哪儿我带你去。”

她们从马路尽头走到另一条马路尽头，有意避开谈论和两人日常生活相关的话题。直到阳光开始斜下来。

她们原本并排走着，但晓南时常就走到了前面，她一百七十厘米的身躯因为瘦的缘故显得更长了。从徐宇的角度看过去，晓南的影子远远把她的影子抛下了，影子偶尔交汇成一个时，她们像一个人边抖肩膀边穿上另一个人的衣服。大部分时候，她们像两个长短不齐的人，中间隔着一条窄窄的光亮。

“我结婚了。”晓南主动说。

数年不见，她们终于开始谈论具体生活，尽管这中间多少跳跃了些许真真假假的片段，但她们都已经不再是强调“真相”的少女了。而徐宇，当她在东江大道上决定再次来到岛上，就已经宣告了她的“新生活”也并不“新”，她确实进入了一个新的人生阶段，但并不比踏入“凡庸”生活的旧友们更高明。

“然后……我怀孕了。”晓南继续说。

徐宇有些愕然，但这又不是什么值得愕然的事。她们早已到了随时可以走向另一个人生阶段的年纪，结婚也不过是另一个人生阶段在大部分人身上的表现。

“哦。可是看不出来怀孕呀。”

“因为才第二周啊。”晓南咯咯地笑着，迈开腿大跨步朝前疾走了几步。

“……那你是不是快可以不工作了？”她附和着。

但晓南却说：“不会呀。”

“……在广播电台？”

徐宇隐隐记得多年前晓南在岛上拍短片时说过毕业后如果不能去话剧团，就会回到岛上，做播音员。这番回想一下，她们也不是对对方的生活一无所知。

“我辞职了，不过不是从广播电台。你呢？”

她们并排走着，阳光斜着打下来，从她们上半身滑向她们的脚踝，接着，把她们身体的轮廓拉下来，把她们的影子拉下来，从身体本身的长度一路拉到可以容纳许多人身体的长度。

“我在美术学校。”徐宇说，“一个职业技术学校，不过学校在市中心，挨着博物馆和图书馆。”

“美术老师？”

“我不知道算不算……”徐宇看着远处，脑子飞速运转，脸开始红。

“我教设计史。你知道的，很无聊的东西。”

“包豪斯那种吗？”

“那只是其中一块，其实就是从印象派讲到安迪·沃霍尔的时代。”徐宇说，“你知道的，就是用美术的方式讲一遍电影史……”

她们一路说着，一直走到这座岛所在的县城郊区。

晓南坐在长凳上，徐宇也坐在长凳上。等她们之间的那团气息更冷却了点，徐宇终于问道："你又和W联系上了？"

"是吧。"晓南停顿了下，"她回来了一阵，又走了。"

"哦。去哪儿了？"

"谁知道呢。她没说，我也没问。不过还是不知道比较好，不然就是负担。"晓南抖抖衣袋，"不像之前。"她左臂把着长凳的一端，"不像之前……杨和宋千，还有赵玥的几个朋友，我们骑着二八自行车穿过全岛。一个夏天过去，每个人都变得黑瘦黑瘦。那时候都说要通地铁——听起来太玄乎了，坐地铁从岛上到S市，这怎么可能呢？"

"……晚上赵玥的地下室可以一直响到早晨七点。早上起来上厕所的时候，门把上还挂着不知道谁的内衣。有人拿着几袋新出炉的鲜肉月饼给大家当早餐……你和宋千还躺在床上，两人中间还摆着一本书……湿地公园，对……岛上太贫瘠了，除了湿地公园和海边，没什么视野开阔的地方……从南到北……也可能是从东到西，一大片的荒地——就是湿地公园了。没有车进去，也没有什么人去玩。那时候大家不叫它'湿地公园'，那时候只知道那是湿地的遗址……其中有一块干掉的小湖，夏天暴雨后会积聚一些水……杨开着吉普车带着我们压水塘。"

"……那时候真是不错。"

“是啊，非常不错。”

徐宇朝前走着，好像突然进入了状态。时而跳起来，时而伸开双臂做出“飞翔”的姿势。晓南顺势站到了她的后面，厚底鞋摩擦着柏油马路，发出一丝丝焦灼的声响。她们走到了一栋老式民居前，是岛上少见的临街居民楼。外面刷着米黄色的漆，三楼露出来的一节阳台是浅蓝色的。

“应该是翻新的。”晓南说，“这条街都是翻新过的，为了应付检查。”

“外面看着没什么人气……跟你家以前很像啊。”

“这就是之前的我家。”晓南突然有一些激动，“现在已经五万一平米了，不过谁会买呢？岛上没什么相对年轻的人了，老年人谁会买呢？很早就不住人了。”

徐宇想说些什么，但突然闭了嘴。她想起多年前在晓南家阳台上看一部一男一女不停地聊天的电影，电影有些卡，电脑屏幕也很小，她们的脸凑在屏幕前显得十分拥挤。晓南时而蹲下去，时而站起来，最后她们双双都躺回床上。

“等下杨要来。”

“哦。”

那是徐宇第一次知道杨。她在玄关换回自己的鞋，推开门的时候突然希望杨在晓南家多滞留一会儿——她总渴望友谊随时存在，又希望它永不打扰自己。她脚步轻快地穿过窄窄的走廊和操着吴侬细语的女邻居。她知道从这里再走几步就是下沉广场。徐宇一路蹦跳着过去，她的白色尖头凉鞋时而戳向地面，但地面有些软，又让她觉得不是很疼，不像此刻，地面很硬，纵使她再次跳起来，也不会像当年那样轻盈地落地。

“你和杨还联系吗？”

她们在路边各找了辆共享单车，一前一后驶过了三条街区。这一路很空旷，因为人少的缘故，仿佛骑了很远，可时间只过去了半小时。太阳终于落下来，她们并排站在一条新马路的尽头。

“杨的消息还是赵玥先看见的。”晓南边走边说，“她坐地铁的时候在车载新闻上看见……一开始电子屏幕上没出现我们认识的杨……是一个，怎么说呢，特别瘦弱的身体。我现在说的还是赵玥复述给我的话，她讲‘一个特别瘦的、变形的身体’，而且‘在找肾源’。”

“我按赵玥拍下来的那个电话号打过去，是他舅舅接的，我从来没有见过他的家人，不知道怎么介绍自己，直接说是同学，我们都是岛上的人，没有什么比这么说更合适了，就像当时我介绍你是我同学一样，外地转来的同学。”

“我找到他的时候他不愿意见我，他舅舅也没告诉我到底是哪家医院。不过既然知道是 S 市治疗肾病最好的医院，我很快就找过去了。搭十号线地铁一路坐到终点站，天气很阴，我怀疑是见到的雾霾最严重的一天……

然后我走过去，从一楼一路上到十二楼，在一个特别干净的病房看见了他……以前他一米八三，但那时候，我居然可以把他抱起来了。”

徐宇慢慢吐出一口气，再次和晓南走成一条直线。眼前将黑未黑的感觉让她觉得像一句谶语。她们在这样的天色中走过水果店、超市、充气游乐园。一排小孩，看起来从两岁到七岁不等，在她们眼前穿梭。路很窄，她们缓缓绕过孩子之间的缝隙，而前方的前方，是安静躺着的出海口，她和晓南，还有岛上那些人曾经在这里转来转去，有人提着喝空的酒瓶，还有人拿着还剩几支烟的烟盒，有的人和有的人的手自然搭起来，她和宋千站在队伍的两端，中间隔着晓南和杨，还有其他一些当时就觉得不甚重要的人。宋千很高，还有些驼背，他像只弓起身的老虾，自顾自地走，始终没有回头。倒是杨，经常掉头看她走到了哪里，有没有跟上。

“心情不好？开心点。”他说得很自然，手自然拍了拍徐宇的头顶。那时候她没有觉得这举动有什么不正确，直到几年之后，这些异性之间稍显亲昵的举动让她觉得紧张——然后宋千的脸便会浮上来。

“是不是还是我比较好？”他一边嘴角微微上扬，两手各插着两边裤兜，“不要给我戴光环，我没有光环的。”

徐宇慢慢走上晓南家的楼梯，木质扶手和水泥阶梯的搭配让这栋楼显得很不真实。一到三楼的楼梯间堆着杂物，越往上越干净。快走到六楼的时候，晓南一个箭步跨上去开了门。好像是憋了很久似的，门腾地一下开了。

“我出来得急，没有上锁。”

“只有你一个人？”

“他不住这儿，这是我们的另一个房子。”

徐宇没有再问。她小心地把穿着不对称袜子的双脚尽量塞在拖鞋最里面，再把自己的鞋放回鞋架上。像怀着某种期待似的，看了一眼晓南的卧室。现在不同于过去，没有晓南的许可，她无法坦然地进来。可晓南似乎连这一点也洞察了，反而指着卧室说：“可以进。”

徐宇钻进去。墙壁很白，书柜上还摆着几个透明的奖杯。

“我丈夫的。”

房间很暗了，顺着外面驶过去的汽车透进来的一点点光亮，徐宇看见晓南坐在了床沿。

“这房间的感觉，真像你有个孩子似的。”

“再过好几个月，就真的有了吧。但好像不是什么开心的事。”

靠床的墙壁上钉着两颗图钉，像有什么东西刚被取下来。但桌上的相片没有拿掉，徐宇看到相片里站在晓南旁边的男人身材高大，眼睛很小，和杨的高鼻梁大眼睛形成某种反比。

“我结婚的时候喊了你，你没来。”

“啊？我没收到你的信息呀。”

“是在我们以前经常用的留言板主页上留的言，你很久没登录了，估计看不见。”晓南说，“我当时想，如果你看不见，也没什么，但如果你看见了，倒还突然希望你来。”

“你是希望我来还是不希望我来呢？”徐宇笑道。

“还是希望的吧……但来了，又能做什么呢？”

徐宇想起一年前在S市赵玥的婚礼上，她到得最晚，只好坐在男宾一家，曾经岛上的朋友们没有来几个，晓南也没有去。来的那几个看见徐宇只是点头笑笑，默认和她不再是一个圈子。赵玥穿着厚重的拖地礼服裙一桌桌敬酒，脸红红的，腹部隆起，拉着她说：女人还是要嫁个好男人。

“……我当时还以为，赵玥的婚礼你会去。”

“我们玩得最好的那拨，恐怕只有你去了吧。”晓南说，“我还真没想到你会去，好像这几年，你只和赵玥没断联系？”

“有吗？我感觉我跟你们都一样。”徐宇补充道，“对你们都一样……可是你们跟我断联系的吧。”

“……哈哈，还不是因为……也不能这么说。你的朋友圈我快看不懂啦。”

“那只是我的自言自语，却期待能反省我们共同的生活。”徐宇附和着，并把“们”字咽了下去。

晓南的新居比过去的房子更大，因为东西少，偶有蒙尘的地方也不让人觉得脏。窗帘拉开，露出一个宽敞明亮的大阳台。接着，她感觉到晓南的影子打在了她身上——晓南站了起来。

“宋千倒是来了，我结婚的时候。还包了特大一个红包。”

“多少钱？”

“一万零一。不过我怎么觉得是讽刺？”

“为什么？”

“这不该是给你包的吗？”

她们大笑起来。

“……其实我很喜欢赵玥。”晓南说。

“我也喜欢她。……我总记得她投入的样子，不管从前她谈恋爱，还是结婚。她从前和现在的生活天差地别，但永远一样投入……我那时候总是想，她说的‘好男人’是什么人呢？可她做了多难的事，她真的找到了一个她觉得好的男人。”徐宇说，“我这不是讽刺……”

“这话你说出来我多么惊讶啊。”晓南大笑起来。

“哈哈。我现在还记得她把杨叫出去扇他耳光的样子。不过当时我希望她扇的是宋千。”

“但她扇杨和扇宋千对你来说都一样吧。”晓南声音的温度降下来。

“哈。如果一个人一开始就希望你看见他，你不会觉得重要，但如果这是你想看见的，那就很重要了。”徐宇说得很快，但她很快意识到这么说不合时宜。

“你这样说我会生气的。”晓南笑道，“但杨对每个人来说都很重要。”

“他是重要。”徐宇想说“他们都很重要”——这是她一直想说的，但她最终说，“但我们自己并不比他们不重要啊。”

“是这样。”晓南说着，和徐宇一起走到阳台边上。在她们视线的方向，岛的尽头是深蓝色的，闪着光的轮渡只是很小很小的一个点，但她们都知道它就在那里，就在她们右手边的方向，从旁边楼房和她们这栋楼的夹角处一路延伸，从越来越窄到越来越宽。

“我们会这样吗？”徐宇突然说。

顺着她手的所指，晓南看见层层叠叠的灰白色的楼房后面，是大海的方向，包括她们站着的这栋楼，她们都在海的前面。

“怎样？”

“我想起从前不知道谁讲的，如果一个人盯着脚走路，永远走不直。但如果一个人始终盯着前面，他就一定可以走得很直。但我们谁能知道，盯着的那个东西和我们之间，一定是直线。可能是曲线，更可能它们根本不在一条线上。”徐宇继续说，“我们在动，那个‘前面’也在动。谁能知道，自己和‘前面’不是大海中两个漂浮的浮标，或者一直漂着，也可能被海水吞没。但谁能知道，谁是海水，谁是浮标，谁又是那个一直在走的人？”

“没有人能预设，所有经验不可能先预设再去经历——这还是你朋友圈说的。”晓南道，“……但如果能预设，现在会生活得好一点吗？是不是又有新的困难？当时赵玥阻止你和宋千在一起，也阻止我和杨在一起，她自己却跟他们两个都在一起了……我还记得当时住在杨家里，隔壁就是菜市场，我能听到剁鱼宰鸡的声音。新鲜的海鲜气味飘到我们卧室，杨坐在床沿，我在后面挤他后背上的痘痘，他刷着手机，好像也没有避讳我，上面就是赵玥喊他晚上去地下室的聊天记录。”她看了徐宇一眼，不再说下去。

“你能对我说出来，说明它们已经不算什么阴影了。”徐宇双臂把着窗户边沿。

“如果能预设，你还会喜欢他们吗？”

在客厅灯光映衬下，晓南的侧脸像年少时一样立体饱满，如果不是眼睛下面一条深深的凹痕，她还觉得她只有十五岁。晓南的影子掉落在阳台的地上，像多年前一样。那年她们流窜在不同好友的家中，流窜在地下室和车库，还有不同夏天不同时间的海边。而宋千的手先是和她搭在一起，接着又和其他人搭在一起。她似乎懵懵懂懂的，直到过了一段时间才反应过来这意味着什么。她的黄色帆布书包里装着刚在S市拿到的沉沉的奖杯，宋千可以把背着书包的她整个抱起，放在车座后面，放在地下室的沙发床还有他工作室的榻榻米上。徐宇记得那些地方总是放着她听不懂的音乐，宋千更多时候不像个油画系研究生，而像他所有的综合身份——读过一些外国文学作品的小知识分子，送校园快递的国家二级运动员，赵玥私人小乐队里的候补鼓手。大部分时候他阴郁而又充满用不完的力气。他把徐宇放在他的旁边，摘下她有着厚厚镜片的眼镜，给她读她新写的诗，指出哪些句子有问题——谈到这些问题的时候，徐宇就变得坚持而激烈。一瞬间的反差或许也吸引了男孩，他的手从她的衣领穿过去。这样自然而然的动作让她心底的喜欢突然有了出口。可黑暗中，他不回应她关于感情的提问。

“如果能预设，或许我们现在过得更糟。我们只能用现在的方式改变过去，包括伤害。”徐宇回答晓南。

“我喜欢杨，这是我特别确定的。但他太流畅了，宋千也太流畅了。‘好’和‘恶劣’都太流畅了。”晓南说，“怎么可以那么流畅呢，难道不该有个确认的环节？”

“赵玥说过，这叫精神绑缚，不给你反应的时间，直接绑缚。”

徐宇说完，她们都半晌不再说话。或许是流畅地讲述这段回忆让她们觉得冒犯了曾经的自己，但某种隐痛却在此刻的吐露中淡化了一点。尽管她们突然不愿承认这一点。

“我们煮俩鸡蛋吧。”

晓南的影子再次打在徐宇身上，又离开她的身体。徐宇躺在阳台的摇椅上，想起和晓南一起看电影的那个晚上，就是这样“争夺”使用摇椅的权力，在她们推搡的过程中，在摇椅和她们两人的缝隙中，徐宇看见淡黄色的月亮缓缓落在窗外。

“有月亮。”她叫着。

“你们北方沙尘暴那么厉害吗？看见月亮也要叫。”

“你们南方人看见雪不也这样吗？”

她们闹作一团，直到岛上夜晚的宁静压下来，她们才终于小声小气起来，并排躺在床上。徐宇在黑暗中感觉有嘴唇朝自己贴下来——是晓南。

“今天杨亲我了。就是这样亲的。”

“那你亲我干吗！秀恩爱吗？”徐宇嗔怪着翻过身，却突然感到一阵失落。她知道自己的失落来自何处。她不会对晓南说起杨，正如晓南也不会主动对她说起宋千。她们默认这是游戏的规则，直到规则瓦解。

“其实有时候我会想，当时还亏了赵玥。如果不是她，我们不知道后面会怎样。”

“我只知道我们都不会像 W 对住持一样。”晓南道，“我们日常看起来不那么重视自己，但只有 W 有可能在关键处真的舍弃自己。”

“遇到不好的事，当然要绕道啊！”

“我们也没绕。”晓南说，“只是在变得更坏之前，结束了。”

“这也够了。”徐宇正色道，“……我参加完赵玥的婚礼总琢磨她。我总想起我和她当时在 S 市，很多人，赵玥拿着酒，站在几个唱民谣的中间唱 rap[1]……那天很好

① rap，即说唱音乐。

玩，我们从酒吧出来，马路中间开过去一辆灰色敞篷汽车，里面一个胖女孩举着双臂在唱筠子的歌，当时快唱到高潮——‘我心里什么都没有，就像没有痛苦 / 这个世界什么都有就像每个人都拥有’。”

“‘继续走继续忘记’……”她们唱起来，“‘在我没有意识到的青春’……”

她们唱了两句后就都唱不下去了，或许因为歌词里有“青春”二字。但如果要唱这首歌，这两个字绕不过去，可她们都没办法再把某种过时的哀伤持续下去了。徐宇想起上一个在岛上度过的夏天傍晚，杨、宋千，还有晓南和她，那可能是一个往更好或者更坏方向的边界。宋千揽着她和晓南，杨在背后握着她的右手和晓南的左手。他们四个人都没有再采取进一步的动作，因为徐宇和晓南突然站了起来。男孩们不知道她们成长得那么迅速，很快放开了自己的手。而女孩们跑出去，在暴雨后的岛上夏天，在她们的背后，另一场暴雨即将到来。她们没有觉得放手的那一刻多轻松，而是大哭起来。徐宇多次渴望宋千跟在她后面，但是没有。过了很久，杨走出来找到了她们。在夜晚的湿地公园，杨开着吉普车带她们压过了一个又一个水塘，絮絮地说着自己的毕业设计，随后他们沉默着，直到一起慢慢又笑出声来。

“……我现在想起来，想到最多的不是杨，也不是宋千他们。我想到的是当时的我。”晓南说，“而且想起你和赵玥的时候也比他们更多。”

“前面的有可能，最后一句我不信。”徐宇停顿了一下笑道，“或者我不希望是因为我的激烈和难过被你想起。”

“但是最近我又想起他们来了。”晓南继续道，“看汤浅政明的新动画片时想到的，里面的老人们弓起身跳着一种叫诡辩舞的过时舞蹈，是他们年轻时候发明的舞蹈，每个人嘴里都说着‘致我们诡辩方遒的时光’。”

“‘……我等乃如鳗鱼般油光水滑，诡辩方遒之辈’。”徐宇接道。

“像不像你当时跟宋千辩论文学问题的时候？”

“你不也是吗？还有你们，乐队的鼓手们，你们为了W闹寺庙的时候。”徐宇说，“不过，难道现在不是吗？”

“哈哈。”

“过去的我们，现在的我们……”徐宇道，“……都是一个啊。”

“是啊是啊。”晓南笑道。

“……其实。”徐宇看向前面，“我没有教设计史。”

“你做什么，都还是你。”晓南扬起脸，一块小而窄的月亮缓缓落在窗外，从徐宇的角度看过去，那月亮像落在了她的肩上。

“不过我工作的地方离美术学院不远。”徐宇说着，眼前浮现起那栋现已变成江景房的写字楼，只有她穿着平底鞋在诸多同事间穿梭，手上堆着的打印资料一叠又一叠，她有时抱着它们，有时举着，把它们递来递去，直到把一层楼的工位跑遍，双手才可以暂时轻松一小会儿。有一天对面大楼不知哪个办公室的文件纸飘了出来，窗外白花花一片，让她想起某年期末考试结束后的暑假，她把那一年所有的课本在家里撕好丢了出去，然后她拿着一张金灿灿的写作比赛通知单，跟父母说自己要去S市。还有一层理由她在心里默念没有说——她和她素未谋面的朋友们将在那里见面，他们都是她的一部分。

2017年11月8日于上海

我不在那儿

雨后的那天傍晚，父亲的行李袋瘪了下去。起初，我只看见它空落落地张开一条缝，潮湿的墙灰飘在拉链边缘，像一把散发着腥味的头皮屑。吃晚饭的时候，姥爷说起夜里又咳痰，母亲终于忍无可忍道："你再这样下去会死的！"灯光昏暗，她的脸藏在阴影里，只有耳垂的抖动让我觉得似曾相识。那还是很久之前，父亲的行李袋还塞在柜子最底层。每个早上，我都能看见他的绿色面盆在水泥地板上招摇，它让我想起动画片《变相怪杰》里那副著名的面具。母亲围着家具打转，一会儿冰箱，一会儿洗衣机，然后是马桶和拖把。最后，她从卧室徘徊至厨房，盯着燃气炉上淡蓝色的火焰，背对着我："恁爸晚上回来了没？"她又高又胖，像一堆层层叠叠的软泥巴，只有耳垂生机勃勃，召唤我。

“回来了吧。脸盆在那儿摆着。”

“摆着？里面有水吗？”她说得像问句，又像肯定句，我有些不知所措。小时候，我总是不记得父亲有没有让我转达他不回来的讯息。傍晚有那么多游戏——方磊、宋慈，每一个小伙伴都要跟我玩，我们从街西玩到街东，最远到达护城河。护城河边有一排天天逗小孩儿的悠闲阿姨，她们会给大家分带着烟灰味儿的瓜子。这样玩起来，一直到晚上，父亲交待的那些，我就都忘了。

“再这样下去会死的。”

我从时间另一头回来，用筷子扒着剩下的几口菜饭，汤却忍着没喝，只看沸腾的热气萦萦绕绕，很快就和墙壁的花纹揉成一团。

父亲这次离开得有些不同。我们都不知道他要走，只觉他起得早了些。我没有听见母亲焦虑地翻身，也没有想象她全身赤裸、吊着两枚软趴趴的乳房歇斯底里的情景。我靠着床头，听见父亲在大声漱口。他把水半吞进胃里，等到好像在体内煮沸了，再咕嘟嘟吐出。等我下了狠心从被窝里钻出来，走到地板结冰的洗手间时，就只能看见外面立着的行李袋了。

母亲已经开始吸猪骨头的骨髓。我的手在耳朵上揉搓，以期听不见这声音。很快，我听见刺啦一声。她面向了我，手里还捏着撕下的一页台历。

“这不是上月那一页儿吗？”

“是上个月的。现在已经一月了。”

“再买一个呗。现在谁还用台历啊。”

“明你别起来太晚，你姑要来。”

她低下头。一开始只是盯着手边没吃完的包子，然后就开始盯向拖鞋、地板。就好像在一路盯着自己是怎么老的。一条腿翘在凳子上，另一条勾着椅腿。嘴角微微下斜，一小团唾沫星子挂在那里，看起来还在向曾经的梨涡移动——现在那里已经是一条浅浅的峡谷了。

父亲走后，母亲一度想给大门换把锁，不过换锁的师傅说得一百块，她就迟疑了。过了几天，她也就不再提这事，下班后匆匆往家赶，从六点坐到十二点，有时候看电视，有时候进我的房间跟我聊天。她从不敲门，就直接进来，让我觉得自己仿佛还在上中学，条件反射般关掉游戏或正在看的电视剧。这很不好，但我还是忍不住这样做。母亲总是一副愁苦的样子，跟我说着话，眼睛却望向别处。这让我感到庆幸，也有些尴尬。除非她站起身，看向外面。操场、商业区、舍利塔——代表我们这儿现在和过去的东西，都堆在那里。当她的注意力在那个范围游移时，我就不会感到不适，可惜不总是这样。眼下这房子里只有我们俩，她变得很木讷，像一台转动失灵的实时监控器，我只好跟她说晚上仍去宋慈家。

“其实你不用说的。这也不是你爸第一次走了。”

宋慈白得出奇，皮肤很薄，看得见浅浅的红血丝。小时候，我和方磊喜欢拿彩色笔把她手臂上、腿上，甚至脸上的红血丝描出来。有那么几次，我们快要把她画成世界地图。不过她现在胖了，整个人像充水的大娃娃，离远看，就像人群中一只雪白的大地球仪。我觉得她现在的身体更适合我们发挥，那些红血丝被胖肉撑开，均匀分布在皮肤的天南地北，到处闪烁。我喜欢在她肥硕的腰部按来按去，手指敲打出哆来咪发嗦的音节。她像小时候一样笑起来，房间都显得大了。

“我们煮俩鸡蛋吧。”

小区逐渐灭了灯。我们的脸出现在对面人家灰色的玻璃窗上。

“你说他们睡着没？”

“灯都关了，肯定睡了吧。”

“关了也不一定睡着呀。”

已经十二点了。我沿着曲曲折折的红色围墙回家去。路灯闪着，背影被拖得很长，我不敢回头看它。

父亲已经离开一个月了。

小时候，他也经常离开。有时候两个小时，有时候一个晚上。像世界上很多父亲一样，我睡着了他才回来，我醒来了他还睡着。

我们偶尔会在早晨相遇，也有时候是晚上。他总是匆匆忙忙，吞咽着一根蘸满豆浆的油条，或者热好的白粥。我们很少说话，只记得有一次针对某边境问题发表了不同的看法。我很快不记得自己说了什么，只觉得必须那么说。那天的饭因而吃得有些久，母亲很高兴。她提议晚上去护城河边走走，我拒绝了，接着父亲也拒绝了。她有些难过，闷声吃饭，我突然有些愧疚。下楼推车去学校的时候，我看见父亲踉踉跄跄从狭窄的楼道下来，嘴里含着一颗槟榔。

“我出去一会儿。”他斜着嘴，褐色的唾沫粘在嘴角，像一枚火星子。

我尾随着他，没走几步，就被远远甩在了后面。后来我一度想，是我不愿意再往前走，还是父亲真的要甩掉我。这想法生根发芽，逐渐让我感到一阵阵心惊。母亲的哭声一点点从墙壁往下渗，路过三层、二层，直到当时爷爷奶奶住的这间现已变成车库的一楼。我听见她在打电话，一阵一阵都是忙音。我知道再站一会儿她一定让我去找父亲，所以只好撒腿就跑。

家里的灯还亮着。母亲像个巨大的影子悬挂在卧室，并逐渐往客厅移动。路过行李袋的时候，我丢了一把父亲遗忘在古玩架上的剃须刀进去。行李袋已经放在那里很久了，丢进去的时候，都能听到灰尘纷纷坠落的声音。

“他早就不回家了。一天，一月，我看这次是一辈子不回来啦。”

“你天天没个好脸，他咋会想回来。”

冬天的客厅像冰窖一样，母亲把炉子重新生起。新鲜的火星冒出来，姑姑们的手烤得通红，哈出来的热气在她们中间团来团去。她们压低了声音，我听得更清楚了。我屏住呼吸，蜷缩回被子里，炭火的热气仿佛一路蔓延到房间。我盯着天花板上两条白色花纹，看着它们绕过整间房，爬出内墙。脚汗津津的，却已经变冷。那湿冷蔓上来，腿也有了寒意。可我还是不想起床。

她们的声音原本在客厅尽头，这会儿离卧室近了。我不知道谁先站起来的，反正母亲站了起来。她在屋里也喜欢穿高跟鞋，脚步声格外清脆。我仿佛听到她衣裙摩擦的声音——这声音也许不是来自她，但她的身体一定在这所有声音当中摇摆。这会儿她应该已经走到厨房，声音明显远了一些。大姑还在絮叨，二姑的博美吠叫了两声。洗手间的水龙头一直滴水，不知是谁过去把它拧紧了。家具本安安稳稳摆着，此刻桌椅腿却有了一些挪动的响声。这感觉让人有些不安，我只得起床。

已经十一点了，但天气阴沉沉，只有六七点似的。我突然期待开学，尽管这是最后一个学期了。长吁一口气，双臂扶着洗漱台，我看见镜子里困倦的脸，眼袋陷下去，眼角已经有了一道浅浅的细纹。我想起发现母亲眼角的皱纹也特别突然。那是六年前的一天，我从长途汽车下来，一夜未睡仍精气十足，满是汽油味的大衣裹住当时只有八十斤的我，行李袋比父亲那只还要显得硕大。我把它放在父亲的摩托车后座上，坐在母亲背后，她的眼角像两条干瘪的橘皮折叠在一起。父亲载着我们以极其危险的弧度穿过中心大街，嘴里不停地说着："不要乱动，你们要相信我。"

已经有人尴尬地踱步，姑姑们指着墙壁上多年前的全家福，说着一些过去的事，关于父亲小时候怎么上学，关于我小时候怎么不听话。从洗手间半开的窗户，能看到整个小区簇新的塑胶花坛、音乐喷泉，还有几棵光长枝条不长叶子的树。洒水车把几条主干道冲洗得清爽宜人，可是无人经过，只有几只野猫蹿来蹿去。

没有那么多楼的时候，各层各户人满为患，真的盖起一栋栋新楼房，搬进来的住家却寥寥。为了容纳这些新楼，整座城市让出了许多空间。电影院、商场、游戏城，还有一个老年活动中心都不复存在了。高中时，我和宋慈经常纠集一帮同学，晚自习后到小区空置的毛坯房玩天黑请闭眼。我们擎着手电，反复陈述 A 或者 B 为什么是或不是杀手的理由。玩到最后，剩下的往往只有我和宋慈。也有时候，方磊会加入我们。只是那时，他已经不那么愿意在人前和我们两个相貌普通的女生待在一起。更多时候，我们私下会面。他从家里跑出来，手里捏着新的物理习题册，迅速抄上我的答案，又让宋慈口述一遍英语作文。等到一切结束，我们会讨论一下父亲的出走问题，或者开发一些新游戏。比如我们经常躲在没装门的毛坯房内，平躺在宋慈从家里偷来的凉席上。我的手放在方磊的脖子上，方磊把手搭在宋慈的脖子上。默数完一、二、三，狠狠掐住对方。有那么几次，我们同时感受到了耳鸣。这让人快活。可终究很短暂。手松开的一刹那，我听见母亲在楼下拨打父亲的号码，《献给爱丽丝》的彩铃声不断地从电话里传出来，一遍一遍沿着空荡荡的楼层上升，就是没有人接听。

我憋着口气，“你们有时间不如研究下我爹去哪儿了。”

“是啊。去哪儿了？”

“谁知道。”

她们分开站着，彼此无话，却没有要走的意思。母亲转过脸，站在厨房门边盯着那口在煮水的锅。我看向客厅的落地镜。有一角已经略微残破，像随时都要倒，可我就是不想跨过去把它扶正。

“他就没错？说走就走，想过别人的感受吗？”

母亲哭起来。“怨我。”她坐下来，低着头。

“晚上我不在家吃饭。同学聚会。”

我捏着那条信息。手机屏幕一直亮着，这会儿有些发烫。

“他先给你发短信的？”

“这重要吗？你是不是很想见到他？”宋慈说。

“我比较关心今天谁给钱。”

“肯定是方磊啊。”

“他以前抄作业现在还会给钱？”

“要你给钱你来吗？”

我不看她，眼睛朝向更远的地方。整个餐馆幽幽暗暗，只有我们这一排被白炽灯照着，其余均处在暧昧不清的光线中。酒保和服务员百无聊赖地靠着吧台，有一两个干脆趴在无人的餐桌上。

“等很久了吧。”方磊说这话的时候，我突然很厌恶他。

“也没有很久。”我说，“我妈刚才来电话了，我可能马上要回去。”

我站起来，很快往外走去，从这家店出去拐个弯，是新开通的一号线地铁。这个点进去，可以赶上末班。坐到第六站，是我家附近那条街。一直坐到终点，就能到火车站。但我还是在家附近的那一站下了车。

路过四五个空的垃圾箱，我感觉眼前仿佛没了屏障，天地为盖，但我的身体却有些僵硬，不能自由穿梭。没有星星，月亮跟着我，也只是一挂隐隐约约的影子。我一路奔跑，它也跟着晃动，直走到小区尽头的那栋楼，它才和我一起停下来。

我慢慢上楼，没有走电梯。六楼并不很高，但我走了很久。很多房子都是空的，连门都没有。户与户之间彼此通气，我像一团飘忽不定的能量。

“今天回来挺早啊。”母亲站在门口，不穿高跟鞋的她显得很矮。我站在她对面，像一座细瘦的山，骨架挺拔，肉却爬不上去。

“我的睡衣呢？”

“洗了。先穿你爹的吧。”

我瞥见那套黑蓝条纹的摇粒绒睡袍。它搭在衣柜门的把手上，看起来瘦瘦小小的。

“随便吧。”套上它，两肩陡然空掉一截。我有些难过。

方磊和宋慈的信息在群聊一栏不断地显示，仿佛他们想交流又只能通过我传递。

“你爸回家了吗？”

每当遇到无话可说的时候，方磊就会这么问一下。

我蒙上被子，像最开始住在这个房间时一样。那一年我八岁，洒水车会在晚上八点穿过小区后面的那条街，车灯总能在我卧室的窗边印下一道浅浅的光晕。

“给你爸打个电话。”母亲常常这么说。

那时候城区没有现在大，随便走走，就能到城市的边缘。我在各种地方看见过父亲的车，有时候是在新开的洗头城按摩城门口，有时候是在涮牛肚摊前。他比现在要精神，掺在一帮中年人队伍里，格外挺拔。我站在人群里喊他，他不应，往往第二、第三声才看向我。

我像吊着一个影子一样，把他带走。快走到家门口的时候，他会在靠墙的一片花圃前小解。也只有那时候，他回归每一个醉醺醺父亲的本性。像长舒一口气，又像停顿一下，继续克制。他最终会跟我回家。

“我们知道你今天心情不好。”宋慈说。

“我不是因为这个心情不好。”

母亲房间的电视声越来越大，终于演变成哭声。我屏住呼吸，努力不让哈出的热气蒙住手机屏幕。我全身绷直，预备只要她哭到第五分钟，就去她的卧室。可在第四分钟，她就止住了。我放松下来，用被子蒙住脖子，接着是下巴、鼻子、整张脸。我右手掐住脖子，左手则紧紧捏着被角。终于，我感觉到一阵轻轻的眩晕，可这感觉也远不如小时候。

那时候我们都喜欢去宋慈家玩。她家是一座独立洋房，楼下带大院子和游泳池。夏天的时候，方磊、我，都会去她家。我们给卧室上锁，躺在宋慈父母的大床上，方磊在中间，我和宋慈的位置不断变换。我们屏气凝神玩装死人的游戏，方磊总是忍不住，开始挠宋慈，宋慈先扑向他，然后扑向我。我们三个扭在了一起。她的手按在我的脖子上，我伸向方磊，他伸向宋慈。我们确信听见了自己的心跳，虽然宋慈说那是脉搏。

中午的时候，宋慈妈妈会做一桌子菜给我们吃。如果不掉饭粒，她就准我们到游泳池里面玩。可方磊不喜欢游泳，只喜欢掉饭粒。那时候他最矮，看起来像我们的弟弟。当他坐在游泳池边看着我们的时候，我们觉得应该照顾他。

“你们俩什么时候能像我妈一样穿胸罩？”他问。

就这样到下午五点，宋慈妈妈和宋慈会送我们到附近的商场，我在服务台旁边等逛街的母亲，方磊等他做按摩的父亲。那是我们城市当时唯一的商场，一楼是儿童乐园，我在那里见过很多小朋友，后来他们都离开了这儿。

“你以后会离开这儿吗？”

“我爸说，我们这里的每个小孩都会离开。”

方磊站在我前面，一路随自动扶梯下降、上升。我也跟着他，下降、上升。黑黑的折叠滚轴像要黏住我的头发，将我吞没。我将看着自己从脚下流过。

“你的零食！”

他在后面喊着，而我不看他。我决心离开这儿，去别的任何地方都可以。我一路狂奔，眼前掠过我们城市的诸多景象，日后它们都在回忆中沉淀成灰色——也或许，是很多种颜色搅在一起，成为了灰色。像少数获得批准入住的居民，我们的家像在一排灰色楼墙上挖出了几个闪耀的大洞。每当夜晚来临的时候，窗户透出不同层次的暖黄色光芒，也有时候是白色。它们彼此检索着自己的位置，就像我和宋慈都喜欢站在窗边往外望，虽然对面只有一栋新楼，而对面的对面还有一栋。我们猜测，那后面的后面的再后面许多，还会是一栋栋楼。有些可能不属于我们城市，但也差不多。它们不规则地排出去，在整片大陆驰骋。它们彼此长得一样，就像我们。

可我们一样吗？

我看着宋慈。蓝色美瞳让她的眼睛在一脸胖肉中显得醒目。这比我的眯眯眼好多了。方磊徘徊在客厅，接着又走进厨房，最后，在卧室的木地板边缘局促地坐下来。

“你家真是越来越小了。”他嗓音低沉，像蚂蚁在我们脚下乱爬。

已经初一了，外面的鞭炮声响起来，城市变得热闹，虽然再过一阵子，该走的又会再次上路。

“我妈打算把房子卖了。”我坐在床边，“不过她叫价那么高，有人买吗？”

“就算买了，真的有人住进去吗？前阵子我在售楼处门口看见一个土豪，张嘴就要买一层。”

“你妈是想搬家，彻底离开这儿吧。”

“你真觉得你爸是因为她要走？”

“他早就想走了。”我说。

“谁不想走啊。”宋慈说。

“你不会走的。”方磊回过头，“我也不会。”

他的两条腿随着身体转过来。手比小时候粗壮许多，但每根指关节的形状还是清晰利落，好像敲一敲就能发出响声。宋慈已经开始玩手机，我看向别处。就这样沉默了几秒，他终于在我们中间躺了下来。

如果没猜错，母亲这个点就该回来了，这个菜她买得有些久。我不知道她是不是又去那些地方找父亲了。我皱着眉，继续看向别处，直到方磊的手按在我肩上才反应过来。接着，宋慈也按在了他肩上。我在等着他进一步向前，最好徘徊在脖颈，直接掐上去。

“你在想什么？”他的手停下来，另一只手撑着下巴。我只得坐起来。

“我们去外面吧。”

方磊应了一声，宋慈不说话。像沿着一条外表光明的隧道，我们从最上面一层毛坯房走起，从客厅进了朝南的卧室，接着是餐厅、厨房、次卧和洗手间。这是一套复式房，最上面是个带洗手间的尖顶小卧室。我们钻上去，方磊探了探腰，身体像一张弓，把房间整个顶了上去，而宋慈的胖肉遮住一半阳光。

“去下面。”

我们来到了当年玩游戏的那间毛坯房。几年来，它多次易主，每次易主都有些小变化，可每一个变化都未能让它真的改变。和别处不同，它装了窗门，只不过门一拧就开。这次我拧开的时候，地上掉落了一层细细的白灰。

和别处不同，这套房子只有一个大通间，据说，本要做商用房，可一直没有公司搬进来。也有人说，要建艺术工作室，准备请进来一批画家，可也没有下文。

一侧的水泥墙上，写满字迹拙劣的脏话。我捡起一截粉笔，在地上画下浴室区、吃饭区、睡觉区等几个位置，然后指向最中间的一块：“当时我们就在这里。”

黄昏了。外面已是赤橙一片。天气预报说今天有雪，可到现在也没下，大概是不会下了。我有些焦躁，在房间四周踱步，右脚使劲摩擦着地板，皮鞋尖头的形状因而有些温和。我突然觉得这套大通间真的是大，比我想象中还要大。外面已是蓝黑色的天了。

“我妈还没回来。”

“过年交通不好，外地的都回来了，地铁都挤不上去。”

"如果真有那么多人，这儿怎么没人呢。"

"我得去找她。"

我们的声音墙灰一样朝下一层层刮落。电梯停运，只好步行下去。

一开始真的在走，接着变成跑。我们穿梭在无数套毛坯房内，它们的边界在夜晚模糊到不存在。我们的声音——步伐、嬉笑，甚至还有干渴的呼吸，都清晰干脆，骨头之间经过这么大的动作，也像透进了风，随时都能和整个楼宇融为一体。

我们一路跨出这栋楼，跨出小区。路灯下都是夜色中形态模糊的行人。或站直，或驼背，甚或是坐在车上、轮椅里。

"你们走得太慢。"

没有人回答，我吹起口哨。

马路对面是一个戴小羊皮毡帽的男人，他挺拔的身姿让人觉得是个青年，还有很多时间可以度过。这后来的时间能不能称之为未来，我不知道。我看着他、他们，仿佛那也是我自己。我的动作和过去一样，只是眼里盛着雾。我知道自己看得不够清楚，可眼下只能如此。我还要跑，不是向着终点，不止向着母亲，而是向着人群。那里有更多危险，更多安全。我知道自己还要更高，又或者终生都这么高，从此艰难地穿过人潮。

2016 年 3 月于上海

后记　拨开浓雾的能力

想写《在平原》，始于2012年。那一年，很多从十几岁开始蔓延下来的问题，集体爆发。当时的写作和生活，突然到了一个必须重新洗牌的关卡。我从成都乘火车到银川，希望暂时告别闭塞而又多变的生活，做个决定，比如究竟要写什么小说，接下来的人生要往哪个方向去。去银川前，我打定主意只是去漫游，匆忙下了火车后，就随意搜索了一家市内酒店的位置，住下来才知道，马路对面就是伊斯兰教经学院。不大的校门上悬挂着红色横幅，横幅的内容是关于去巴基斯坦和沙特阿拉伯的交流项目。时时会有不同肤色的穆斯林在校门口进进出出，我突然觉得自己身处一个交通枢纽，与我过往生活经验不同的一种东西在我眼前穿梭，而我自己仿佛站在一个十字路口，看着这些不同的人与我擦肩而过，而他们走的哪一条路都和我没有交集。

作为十四五岁开始写作的人，当时已经写了七年，渐渐觉得那种仿佛是与生俱来的想象力被耗尽，急需一个新的表达方式，否则我的写作恐怕过不了几年，就得宣告结束了。在这种心情的困扰中，我看到一个旅游车停在酒店附近，上面写着“贺兰山岩画”，这几个字吸引了我，我很快坐上了那辆车，甚至在那天之后，频繁乘坐那辆车一次次前往“贺兰山岩画”。

我从小对“平原”并不陌生。但生活在人口密集的中原城镇里，日常是看不到平原的质地与广阔感的。但银川不同，这里人口相对少，人均占地大，人仿佛穿梭在自然的缝隙中，而不是自然在人群的缝隙中喘息。我记得最后一次从贺兰山上下来，眼前是一大片开阔的平地，突然一阵感动。有乌鸦飞过头顶，在不远处的大树上空盘旋，但我没有觉得不祥，反而感觉到前所未有的放松。我开始想自己的生活和写作到底出现了哪些问题。但这种刻意的思索又让我陷入另一层困扰，比如写作究竟是要先解决技术问题还是思想问题，我当时认为面临的大敌是技术问题，但在后来的几天，我突然意识到不是这样。开始写作之前，就已有的那些精神问题，它们没有在写作的过程中被我解决，所以才会有很多问题纷纷出现的局面。想到这个，我决定回顾自己的问题产生的源头，重新解决。比如，为什么要选择写作。其实可以不必写。按照我曾接受的教育——好好画画，沿着这条既定路线走下去，即使不能成为真正的画家，也可以做个美术老师。为什么一定要写呢?

这个问题我当时没想清楚。从银川回来，也没想清楚。之后的几年，我始终徘徊在一个艰难的转型阶段，一方面对自己正在进行的小说很不满意，另一方面又没有找到一个新的状态和新的自己，那一层模模糊糊感觉到的东西依然在远处，而我没有触碰它的能力。

2015年底，我突然意识到，我又回到了2012年夏天在银川的那种状态。而这一次，我想到的银川和当时看到的银川稍稍有些不同。我想到的不再是贺兰山岩画，不再是伊斯兰教经学院，而是从山下下来时，看到的那一大片平地。那块平地一直蔓延到我视线的尽头，它最终的边界仿佛在很远的地方，又甚至它可能根本没有边界。这个边界，是人给它设置的，万物本身没有边界。

我一遍遍擦拭记忆中的那一幕。第一遍回想时，我想到的，是我和一些散客在平地上各自走向四面八方。第二遍回想，那平地上不再有其他人，只有我。第三遍回想，我想到那片开阔地上除了现在的我，还有一个当时的我。当时我曾渴望走一条新的路，过一种新的人生，但再次回想起银川之旅时，我突然意识到，根本没有什么新生活新人生。我所拥有的，只是这一个生活。同样的，我的写作，也只有这一个写作。我不可能完全推翻过去的写作，甚至这推翻本身就是一种懒惰。我必须把过去的写作整个清洗一遍，淘洗出一个更清晰的自我。想到这里，我感觉当时的自己和现在的自己终于产生了交集。我决定写一个关于创作的小说。

我也突然意识到，我所遇到的所有写作问题，都曾经在画画的那几年里遇到过，但当时我觉得，换一个创作载体，我的问题是可以得到解决的，然而事实证明不是。我想，我有必要，甚至有责任把这个过程写下来，至少可以让一些同样可能误以为“换一种创作载体”，自己就能写好画好的人，不要被创作初始那种蓬勃的宣泄欲，以及宣泄欲的种种变形所蒙蔽，误认为那是自己的才华。我想重复一些浅显却总是被忘记的认识——创作没有捷径。创作不是一个出口，那被我们一遍遍经过的生活，也是创作的一部分。正如绘画，对我来说，也应是写作的一部分。我要从第一眼看到的世界，写到第二眼第三眼第四眼看到的世界。我要把这一遍遍清洗出的那个世界掏出来，我要写我眼中最好的创作者是怎样想问题的。

开始写《在平原》前夕，一个朋友得知我的写作计划，邀请我去参加一个年轻艺术家的聚会。聚会地点在一座宽大的厂房里，四面墙壁上是刚刚结束的一场画展上撤下来的画作。它们技巧成熟，看得出作者强大的绘画功底，画面内容和整体基调，看起来也很丰富，但层次和层次之间没有递进，趋于同质。仍然是从虚无到虚无，只是在阐述一个被欲望所分割的世界。我徘徊在那些画中间，也观察着在场这些人的举动。他们能轻松提起一位二十世纪现代艺术史上的杰出艺术家，提起最近艺术圈内风头正劲的画家。他们观点新鲜，态度明确，每个人都在拼命发挥和表现，没有人对其他人的想法感兴趣。我意识到这些人都比我聪明，他们对自己的发展道路可能也十分清晰。但即便如此，他们说的，我全都不感兴趣。我差不多是怀着又沮丧又兴奋的心情从那场聚会上走下来，沮丧的是，他们说出了很多我不熟悉的艺术家的名字。但我又发现，他们对那极其少数的几个艺术大师的见解，也并没有比我高明。我突然看到了一条我该走的路，这条路不是给那些聪明人走的，而是给我这样的憨人走的。我决心越过那些曲曲折折的技术层面的探索，直接进入核心的讨论。我也相信，解决过一遍这些问题，技术本身于我也将不再是问题。只不过，当时的我确实没想到，因为我这样一个想法，这篇四万多字的小说，我居然写了一年。但就是这样一个死磕的过程，我终于有能力看清自己该写什么样的小说。

我也终于知道，写作不是要成为作家，起码不只是成为作家。写作重要在：它最大限度地调节着人的内心，是它让人有机会在精神的劳作中获得向上的力量。幸福不可期待，但如果有了拨开浓雾的能力，世界显现出的那一丝清朗面貌，就是人活着所能看到的“幸福”。

那是一切劳作的意义，那就是幸福。

王苏辛